心灵的故乡

静思精舍巡礼

潘煊 著

复旦大学出版社

目录

序　回到心灵的故乡　释证严　1

上卷　静思精舍的诞生
——为佛教，为众生

第一章　历史根源于"大殿"　3
这里是"起家"的地方 / 以佛钟为窗型 / 是瓦非瓦 / 寻找钟鼓路迢遥 / 永恒的精神象征

第二章　精舍主堂的用心　15
凝塑"家"的意境 / 凝思一面墙，礼敬宇宙大觉者 / 静观一片宇宙星空，启发浩瀚大爱 / 伫望一丛丛竹林，回归竹筒岁月最初心 / 仰视一片天幕，静听法音涌地而出 / 悠然一声虚空钟鼓，领悟动静虚实 / 出入一扇门，行《无量义经》

第三章　盖"自己"的家　33

我不要你们的钱,只要你们的"力"/地下工程密不透水/片片铜瓦,智慧工法/难题,是创造力的增上缘/焊铜真功夫,钣金硬底子/安全规格,达到顶级/流体力学,迎接清澈的风/惜福回收,珍惜物命/飞檐拉长情,殿宇扩大爱

别录　精舍的一天　52

打板——凌晨三点五十分/早课——凌晨四点二十分/晨语讲经——凌晨五点二十五分/早斋——上午六点/出坡——上午六点二十分/志工早会——上午七点/各司其职——上午八点三十分至中午十二点/午斋——中午十二点/午休——中午十二点三十分/祈祷——下午一点二十分/各司其职——下午一点三十分/晚课——冬日下午四点五十分;夏日下午两点四十分/晚餐——晚间六点/安板　止静——晚间九点四十分

下卷 静思精舍的家风
——一日不作,一日不食

第四章　送往迎来接待十方　69

在倾听中抚慰心灵 / 全方位的接待 / 陪伴的延长线 / 把每一位访客都当作佛 / 祝福的力量 / 知客,就是体知客人的来意 / 感树恩,念地德 / 导之以礼,念佛进斋堂 / "您就是菩萨!"

第五章　巡礼导览引领入门　83

三年赚到的福气 / 有说有唱,日常事智慧语 / 语中有禅意,话中带法语 / 用爱穿越 / 木鱼上的小沙弥 / 海地的"奇迹之树" / 天堂鸟里的禅师 / 黑松的微笑 / 忙中有静,动中安忍

第六章　大寮中的"动静哲学"　97

在锅铲间修行 / 从一弯明月,到明月一弯 / 自定功课调息调心 / 大寮里的"佛八" / 挑菜的老菩萨 / 三德六味广结善缘

第七章　点燃心中烛光　109

烛光的源头 / 不冒青烟不掉泪

第八章　窑火淬炼的禅意　115

三千个感恩 / 历史典故，雕刻生命图像 / 泥土与火焰，淬炼福慧之灯 / 在陶艺里讲古

第九章　用心做出好谷粉　123

手工的印记 / 幸福岁月，一炮而红 / 粉间进化史 / 用宁静的心，聆听机器 / 杏仁的挑战 / 轻轻的三个字

第十章　智慧之米，慈悲之香　133

台湾自制干燥饭的首例 / 饭中磨练，香积摄心 / 宁愿太平时刻享用，不忍灾难来时应急 / 集装箱出发，祝福上路 / 六个字的悸动 / 法香德香最为芬芳

第十一章　涤净人间杂念　143

从一张白报纸开始 / 坚持手工，节能减碳 / 在植物中领悟佛心 / 来自原住民的分享 / 净皂厂的幕后英雄 / 香茅纯露的祝福

第十二章　农禅自在　157

半叶给人，半叶给虫 / 步步生莲，菩萨网密 / 在农作中沉淀身心 / 每一餐所吃，都可能改变世界 / 提起使命感，化危机为转机

第十三章　化无用为大用　167

化作春泥更护花 / 第一部搅拌机出现后 / 虫儿鸟儿把关严选 / 一群壮观的"蒙古包" / 四人的八手联弹 / 特调的有机肥 / 坐禅做田，真空妙有 / 以法做事，欢喜无比

别　录　精舍的一年　178

周年庆——农历三月二十四日 / 打佛七 / 三节合一——佛诞节、母亲节、全球慈济日 / 中秋节 / 冬令发放与围炉 / 岁末祝福 / 农历春节

序
回到心灵的故乡

释证严

每天要走进主堂讲说晨语前,在长廊小立片刻,内心总是满怀着感恩!主堂空间不大,却是常住众与发心回来出力的各地菩萨,用盖自己家的心情,欢喜承担起来的。仰望天际,随着四时变化,或者长河渐落晓星沉,或者一抹彤云浮在天边,四周一片清澄寂静,多么美的境界!等到引磬声响,晨语开始,远近鸟鸣相应和,又是一天的开端。

这座修行道场,是天下慈济人心灵的家。慈济,源起于静思精舍,在精舍的修行者,秉持佛陀教法,内修清净心,坚持自力更生,生活自给自足的同时,也担负慈济人返回精舍的用度,作为慈济人坚实的后盾。让海内外慈济人得以安心履践在菩萨道上,为天下苦难众生付出。

每位入室弟子都了了分明,跟随师父修行必定要吃苦,要彻底牺牲。一路走来,弟子们通过各种手工生产,维持精舍的日常运作,至今仍是如此,自种蔬菜,做蜡烛、谷粉、香积饭、净皂……还有各种常住执事的轮值,怀持克己、克勤、克俭、克难的精神,沿续四十多年来"一日不作,一日不食"的静思家风。

常住二众都在为着这个大家庭辛勤付出,最近,这个大家庭的承担更大了,过去是"挑菜篮",现在则是"担天下米箩"。为众生担米箩,以天下为己任,发心立愿净化人心,所有人的脚步必须更快、也更普遍。

虽然精舍空间有限,每每看到各地志工返回精舍精进,或者旅居海外的菩萨回来求法,让人心中既欣慰又感恩。当人间菩萨"一生无量",队伍愈来愈浩荡,表示有更多人接触到佛法,有更多爱的力量在汇聚,一起帮助饥贫者得温饱、心有匮乏者得慧命道粮。

二〇一三年五月,慈济度过四十七周年,迈向第四十八年。回想五十年前,皈依印顺导师那一刻,师父叮咛"为佛教,为众生",这六个字从此铭刻在我心版上。三年后因缘成熟,慈济功德会成立;再三年后,静思精舍落成。记得大殿启用的第一次早课,抬头看着佛龛上的观世音菩萨,小小一尊,但普天下哪里有苦难众生,都能"千处祈求千处现",慈济四大志业由此发轫,落实"佛法生活化、菩萨人间化",把观世音菩萨闻声救苦、即时解难的精神推展到全球。

从静思精舍而延伸到慈济志业,用有形的志业来净化无形的心灵，自救救人；"大爱"，是心灵的源头，最终的理想是引领众生回归人人本具的清净佛性。静思精舍，是全球慈济人心灵的故乡，也是所有同师同志同道同行者心灵的故乡。

精舍里最熟悉的路线，是书房、会客室、斋堂，而常住弟子们，日复一日依律生活，各司其职，勤行守护着静思道场。四十多年来，内心无时无刻不在感恩中。

如今有此因缘，在远见天下文化事业群创办人高希均教授的带领下，由编撰团队共同完成的《心灵的故乡——静思精舍巡礼》，通过潘煊小姐的笔触、许多摄影者的镜头，呈现出精舍的生活面貌。在此感恩所有参与者的努力，新书出版在即，特为之序。

上卷 静思精舍的诞生
——为佛教,为众生

第一章

历史根源于『大殿』

- 这里是『起家』的地方
- 以佛钟为窗型
- 是瓦非瓦
- 寻找钟鼓路迢遥
- 永恒的精神象征

上卷 **静思精舍的诞生**
为佛教，为众生

二〇一二年四月十四日（农历三月二十四日），慈济四十六周年庆，这一天，上苍给了慈济人一个别具深意的天气——下雨。

清晨四点，雨势从点滴飘洒而至滂沱落下，静思精舍外朝山的队伍，正一步一步、念念精进。雨中的屋檐下，证严法师神情关切，向着众人频频呼唤："大家赶快进来，赶快进来。"

进到历史根源的"大殿"里来。

一九六九年，"佛教克难慈济功德会"成立后三年，精舍大殿落成了，证严法师领着弟子们住在里面，办公在里面，早晚课也在里面。小小的空间，小小的门庭，日后浩荡的长流自此涌动起来。

这里是"起家"的地方

一九六六年，克难慈济功德会成立，当时借用普明寺作为会所。一九六八年，证严法师的俗家母亲

■ 静思精舍大殿，外观朴实却深具意涵

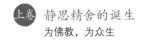
上卷 静思精舍的诞生
为佛教,为众生

出资购买土地,以土地向银行贷款来建造静思精舍。贷款的偿还,除了母亲又拿出一笔资金,证严法师和弟子们也以农作物的收成分期还清余额。

穷困的生活,筚路蓝缕的岁月,景况虽然捉襟见肘,但无阻于兴建的节奏,一九六九年,终于有了属于自己的道场。

唐代歇山式建筑风格的大殿,沉静、祥和,飞檐微微上翘,屋顶铺盖着日本黑瓦。门庭正面的四根水泥柱,笔直矗立,是四无量心"慈悲喜舍"的无声叮咛。

农历三月二十四日这一天,精舍启用了,不似一般寺院要为佛像"开光",也没有特别的仪式,当天早课就开始"打佛七"。

昔日情景证严法师印象深刻:"当时从大殿看出去,可以看到很辽阔的海,很美!"

海洋辽阔,精舍清小,才三十三坪(约一百零九平方米)但功能多元,证严法师回忆道,大殿一开始只有地板,没有房间,大家将就着睡,同时也作为办公室。

后来,区隔出前后两个空间,前半部是大殿,殿中供奉的圣像,最早期是观世音菩萨,小小一尊,象牙质地。之后才在不同年份,逐一增添安奉本师释迦牟尼佛、观世音菩萨、地藏王菩萨,圆满了现今所见三尊洁白庄严的佛像。

克难年月里,佛龛后面,就是睡卧的寮房。

▌ 释迦牟尼佛是大殿供奉的圣像之一

日常起居,总有衣装被褥什物,于是就在佛龛与通道中的窄窄空间,做了抽屉,一人一格放各自的衣物;佛龛下面也设计了柜子,起床后的棉被枕头,全收妥在里面。

既是礼佛的道场,也是安住的居所,更是功德会会务展呈的空间。大殿上,两面台湾地图左右张挂,一边是慈济会员人数统计图,一边是功德款收支统计图,依北中南东各县市清楚标记。另外,月份收支、年度总收支,也以纸板分格、抽换书写的方式,逐一表列,完整公布。这绝无仅有的佛殿风光,种种来自证严法师的巧思设计,是诚正信实的安立,扎根在慈济起家的地方。

上卷 静思精舍的诞生
为佛教，为众生

以佛钟为窗型

静思精舍的原形，是证严法师亲自构思，由留学日本的建筑师黄演言协同设计，营造商谢彰才承建工程。

工程进行按图兴建，有天，证严法师灵光一闪，他想将设计图上原本的四角方窗，改为佛钟造型。

佛钟代表警策之义，提醒众生日日精进，证严法师用心深刻，然而工程难度提高了，施作功夫必须更加精细。行事严谨的证严法师，为了讨论细节，立即蹲了下去，与谢彰才就着设计图，一再描画，仔细修改。

慎重其事、即知即行的行动力，从蹲在地上画图稿，遍及一切设计思维。比如，为了节省空间，大殿内部未立一根柱子，所以整个结构体全以九分粗的钢筋绑扎，更在墙壁大柱底部加宽加厚，全面支撑建筑物的结实稳固。谈到钢筋，证严法师的大弟子德慈师父提及一段旧事："早期屋顶上曾经钻了两个圆孔，增加空间的透气通风，但作用不大，里面密密麻麻都是钢筋，后来小鸟进去筑巢，有时连小鸟衔来的草叶都掉了下来，干脆就封起来了。"

虽然当年经济拮据，但在建材的选择上，证严法师眼光宏远，坚持质优耐久，所以直到四十多年后的今天，大殿的结构、梁柱，完全没有一条裂痕。

是瓦非瓦

难以抵挡强烈天候的是屋瓦。

当时精舍周遭空旷，有一年台风来袭，把屋顶铺盖的日本黑瓦吹落破损。因为没钱修补，一直用帆布遮盖，就这样经过了五年，印顺导师提及有碍观瞻，才克服困难筹足经费来修建。

为了避免"风吹瓦飞"的情节重演，证严法师当时提出一个突破性的巧思，用水泥塑成瓦。当年承担这桩创意工事的水泥师傅技艺高超，以纯手工的捏塑，在屋顶上造出一片以瓦为形、实体却是风吹不摧的水泥顶，连飞檐的线条也砌造得优美流畅。

▎慈诚师兄亲自铺设水泥瓦

证严法师更是亲自与工人一起施作，调整屋脊的斜度。德慈师父回忆道："那时正是七八月，天气很热，每天在屋顶上手工施作，花了二十多天才完成，真是不容易！"

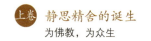

看似瓦其实不是瓦，于是叫"瓦非瓦"，从此数十年，即使遇到强烈天候也如如不动。

寻找钟鼓路迢遥

"洪钟震响觉群生，声遍十方无量土。"经典里这么说。鸣钟击鼓，象征寺院中惕励警醒的精神。

一九六九年初，兴建已经数月的静思精舍，就要完工了。有一位友寺法师，热忱地代为订制了钟与鼓，后来这位法师闭关修行，联络不上，眼看大殿落成在即，时间紧迫，德慈师父于是向证严法师请命："听说钟鼓厂在台北三重，不然，我去找找看。"

没有地址，不知店名，未曾去过三重，就凭着一份为法的信心，德慈师父出发了。

那天一早，搭上花莲货运开往台北的货车，坐在司机旁侧，经过八个钟头长途颠荡，下午四点，终于到了台北。

德慈师父一下车，人海茫茫，心头不断盘旋着，三重在哪里？所幸，德慈师父俗家母亲有一位好朋友住台北，于是打定主意，先到这位阿姨家去。阿姨大致告诉他前往三重的公车路线，德慈师父独自搭上公车，依稀知道方向，但哪一站下车则完全不确定。

凭感觉随缘下了车，向人问路，附近是不是有一家制钟厂？路人回答他，往回走，过四个十字路口。

一九六九年即启用的钟与鼓

仔细算准了四个路口,到了,再问,再走。行行复行行,一步、一步向着"钟"的方向前行。钟的功德是"晓击则破长夜,警睡眠;暮击则觉昏衢,疏冥昧",他感觉距离那口助益大众修行的钟,愈来愈近。

终于,一家制钟厂出现在眼前,德慈师父欣喜万分,立刻进门说明来意。

老板点点头,的确有花莲静思精舍的订制,并且指向一口粗胚已经完成的钟。

"不过,"老板说出了他的看法,"你们既然有心订制,就做大一点,声音比较好听。这是掺入金、银、锡、铅等七宝铜所铸造的钟,音质很好,做太小了可惜,再大个五时最好。"

德慈师父向老板表明,必须请示证严法师才可决定。然而当时精舍没有电话,要怎么联络?灵机一动,想起精舍邻居"佳民派出所",这是唯一可以连上线的地方。于是一路找到"三重分局",商借电话打回"佳民派出所",再请证严法师来接听。一五一十禀明得到允可之后,又走回制钟厂,把一切确定下来。

钟的问题解决了,至于鼓,同样是问路、步行,找到了鼓厂,确认无误。

钟鼓诸事办妥,心里一块石头落了地。迈着奔波了一天的步伐,回到那位阿姨的家,已经晚上十一点。第二天一早,仍旧搭着货运车,回到花莲。

钟鼓响起,法遍乾坤。这对自一九六九年悬挂上去的钟鼓,至今四十多个年头,依然声音深远,回荡人心。

永恒的精神象征

年复一年,时间累积出历史的厚度,善念凝聚了浩荡的队伍,如今,全球各地的慈济人络绎返乡,精舍愈来愈显得空间不足。慈济成立四十二周年时,证严法师向常住师父们提起,决定拆除原大殿后方的旧有建筑,兴建现今的主堂。

当主堂全新兴建时,大殿也进行了所有木质结构的大整理,包括墙面、内屋顶面、回廊屋檐底层面、水泥柱的油漆粉刷。

历经四十多年岁月的桧木门扇、窗框,在常住师父们细心呵护下,除了外表油漆的覆盖,桧木的本质未曾改变。而要将木构门窗还原本色,可不是一蹴可及的事。来自北区与花莲共三十多名志工，凭着细心耐力，慢慢将大殿近八十片大大小小的门、窗框，通过去油漆、磨砂、刷水、再磨砂……反复的工序，渐渐显露桧木本质。

磨的是木头，净的是心地，抚触着上一世纪的建筑物，再现那一个年代的本质芬芳，这群参与其间的师兄姊们都感触深刻，觉得唯有把握当下亲身参与，投入对的事情安立身心，才是真正的永恒。

永恒的大殿这样站着，站成一个巨大的精神象征。辉映于如今的主堂，主堂愈是敞大，大殿的意义愈是鲜明，明亮得照透一整条绵延的慈济史路。

精舍主堂的用心

第二章

- 凝塑『家』的意境
- 凝思一面墙，礼敬宇宙大觉者
- 静观一片宇宙星空，启发浩瀚大爱
- 伫望一丛丛竹林，回归竹筒岁月最初心
- 仰视一片天幕，静听法音涌地而出
- 悠然一声虚空钟鼓，领悟动静虚实
- 出入一扇门，行《无量义经》

上卷　静思精舍的诞生
为佛教，为众生

当新旧的建筑融洽地站在一起，今昔辉映，映照历史的一脉传承。

在静思精舍，旧建筑是"大殿"，新建筑是"主堂"。"大殿"落成于慈济的第三年，"主堂"启用于第四十六年。

四十多年的"时间"距离，证严法师透过"空间"既回顾也前瞻：

"慈济第三年才盖三十三坪，第四十二年下定决心，要把全球慈济人的家扩建起来。"

凝塑"家"的意境

证严法师对主堂的建筑非常慎重，因为，这是全球慈济人的家。建筑师郭书胜在二〇〇六年接下这个建筑案时，对于如何形塑一个蕴涵宗教精神的家，眼前的大殿成为他构思的起点。

"从建筑人的角度来看，精舍的调性早已有所确立，这个定调启发了我的根本依据。"郭书胜认为："大殿意象鲜明，是慈济人深烙心底的标志，要从这凝定的意象背后'长出'主堂，协调性非常重要。所以，在造型上保留与大殿搭配的原调，是一开始即有的共识。"

郭书胜形容，设计主堂建筑对他而言，是一个神圣的任务，在与证严法师接触的过程中，他感受到证严法师的审美品位很高。经过两年不断的讨论与调整，主堂主结构定案了，歇山式建筑，重檐，四斜屋顶，色调沉静，气象庄严。贴近着大殿端然耸立，背衬的中央山脉雄浑而苍郁。

开始规划主堂时，郭书胜常常住在精舍里，那是他的空间体验。

"我认真地上早课，上人开示晨语时，天色开始亮了，鸟儿吱吱喳喳地叫，因为我常常坐在最后一排，鸟声很近很近就在背后，那是一种氛围。"空间氛围的呈现，郭书胜很在意，他觉得必须与精舍的情境相契合。

郭书胜参加早课还有另一层实质的用意："观察修行活动的实际流程，以及环境的应用，包括人们出入的动线，音响的效果，白天夜晚的感觉，天候的影响，采光的问题，风的来向，春夏秋冬都不一样。再如慈济人惯有的脱鞋、换鞋，也是必须掌握的细节，我觉得这些对设计都很重要。"

二〇〇五年时郭书胜即已受证成为慈诚队，在此之前，他因高雄静思堂的因缘而开始接触慈济的建筑案，包括九二一希望工程、新的玉里慈济医院建筑设计，以及陆陆续续承接的案子。这位因建筑而入佛门的静思弟子，自认最开始时不是由"法"入门，所以对佛教的认知并不深入。他回忆还是门外之人时，"第一次看到所有人对上人顶礼，我是震撼的。后来因为工作而接触上人，我的顶礼是真正从内心发出，而非形式。每次向上人顶礼，除了表达尊敬，我觉得有一个深刻的意义是，对自己身份的认定与自我规范。"

对于证严法师在开示及勉励大众时,常以"多用心"作为结语,郭书胜最初没有想太多。"用心"不是很寻常吗?光看字面不就懂了?其实是有听没有懂,郭书胜后来才体会到。"慢慢接触上人,投入工作,才发现'多用心'是多么重要,以前的认知只是表面,但真正执行一件事时,层次完全不一样了,那是可以向着深处,一直、一直深进去的。"

郭书胜以主堂建筑为例,一开始觉得应该不难,投入之后,才知道有许多的峰回路转、柳暗花明。整个规划设计的过程,原则很笃定,但或小或大的变化,无可避免地发生。"每一次变化,心里难免有挣扎。其实从事我们这一行,变化本是常有的事,上人的'多用心'三个字,总能给我一种转化心境的力量。让我往正面的方向去想,一定有某些原因才会出现变化,一次变化,就是一次可以做得更好的机会,就是一次训练自己沉静下来多用心的因缘。"

二〇〇四年十二月二十六日,印尼亚齐省发生里氏规模九点零强震,引起的海啸波及十二个国家。翌年,郭书胜投入了斯里兰卡汉班托塔慈济大爱村的兴建,几乎每个月都去一次斯里兰卡,每趟至少五六天,这一年里,他过得特别忙碌充实。

二〇〇七年,郭书胜甚至携家带眷在斯里兰卡过年,"那个经验对家人而言是永生难忘的,我们去大爱村,这对小孩子尤其难得。那几天当中接送我们的司机,后来成了好朋友,他邀我们去家里作客。他家的房子，没有地板，没有窗户，就这样生活着，小孩也与我家孩子同样年纪。我让孩子自己去感受，亲眼看看在这个世界上，有这样的家，这样的人们，这样在生活。"

世界上，有贫困的家，破碎的家，温馨幸福的家，充满力量的家，思考家的意义，慈济经验为郭书胜的建筑设计带来影响。主堂，是全球慈济人的家，自己的家自己盖，郭书胜说："我参与其间，扮演了一个规划的角色，最大的收获是从上人的'法'，学习到一种应对变化的态度。而且，由于主堂的特殊性，汇聚了很多人的关心，也让我学习到很多。因为每个人都奉献了最好的建议，虽然不一定在这个建案里呈现出来，但也是我无形的收获。"

凝思一面墙，礼敬宇宙大觉者

用心描绘一个心灵的家，世上的每一个家都有墙，主堂让人凝思一面墙，礼敬宇宙大觉者；世上的每一个家都有天花板、地板，主堂让人仰视一片天幕，静听法音涌地而出；世上的每一个家都有门，主堂让人出入一扇门，行《无量义经》。

进入主堂，或许会有许多人感到好奇，偌大的空间里，不见传统的佛龛，而是一面蔚蓝的亚克力晶雕宇宙弧墙，清净明澈的虚空境界里，"宇宙大觉者"居中而立。

证严法师的阐释非常深广，"主堂不做佛龛，因为佛陀是

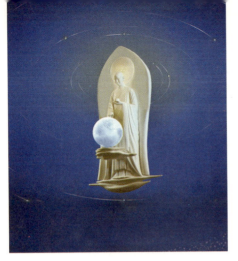
主堂内的宇宙大觉者

宇宙大觉者,不应该局限在固定的空间,希望以此来表达佛陀觉悟宇宙万理的精神意境。"

历代佛像造型多类似当时人的形象,慈济的宇宙大觉者佛像,大众脸的面相,约与人等比例的身量,慈眼俯视着地球,一手持钵,以智慧为水,洒净人间;一手轻触,用慈悲的肤慰,疼惜人间。

有人曾问证严法师,成佛是什么样的境界?"静寂清澄,志玄虚漠,就是佛陀开悟时的心灵境界。"证严法师形容得生动细腻,"佛陀在宁静的心境中,突然之间,眼光与天上的一颗星光接触在一起,瞬间,心灵开阔,无边无际,这辽阔的心灵境界,好宁静、好宁静,而且一片清澈无染。那个时候的佛陀,他的心'心包太虚,量周沙界',那样的辽阔,这就是佛陀心灵的境界,我们要学习啊!"

学习佛陀精神,是佛像存在的最大意义。以慈悲的出家相来塑造佛像,在这五浊恶世的末法时期,别具深意。塑造出"人间佛教"理念的现代佛像,证严法师将此视作现代佛教的人文特色,他认为:"这是一个历史的责任。"

静观一片宇宙星空，启发浩瀚大爱

主堂的宇宙大觉者背后，是一片浩瀚星空，三千大千世界无垠无边，象征如来智慧深远、悲心不绝。其中的太阳系里，地球在这里受到佛陀的呵护与祝福。

每一天，来自世界各地的人们进入主堂，在宇宙大觉者面前，合掌，弯身，屈膝伏下，掌心托承佛足。承接的是十方三世一切诸佛的慈悲，承接的是三千大千世界无边无垠，承接的是浩瀚星空、辽阔宇宙，这一刻，心融通于法界，才深刻领会整个天地、自然、宇宙，都跟一己的生命息息相关、脉脉相连。

证严法师就是要以如此的浩瀚辽阔，广化、深化慈济人的心胸。

二〇一一年初，证严法师提起主堂宇宙星空墙的概念，与许多静思弟子同时听到这个创思的蔡昇伦，生起了绘制星空图的尝试之心。建筑师的专业背景，于绘画技巧上游刃有余，问题在于工作太忙，于是他特意请了几天假，全然静下心来，专注作画。

"为了寻求一九六六年农历三月二十四日，慈济功德会成立时的星象，我通过专业星图软件，找到了当天的行星运转图，发现很奥妙的是，那一天，火星、太阳、地球、海王星连成一直线。"蔡昇伦以此为核心，画出了初步的宇宙星空图，

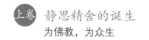

证严法师肯定这个方向与呈现的感觉,并且提醒他,绘制星图一定要有天文依据。

蔡昇伦很努力地深入探究,研读许多天文书籍与影片,并且请教天文学者。"我也参考了NASA(美国太空总署)的资料,综合这所有的阅读,让我深切地感受到宇宙真是非常浩瀚。地球只是太阳系的一小点,太阳系只是太阳星际群的一小点,太阳星际群只是银河系的一小点,从银河系再层层延伸,还有本星系群、室女座超星系团……正如佛教所言,三千大千世界,无量无边。"

从星图定案,寻找制作材料,全台跑透透拜访厂商,在水晶亚克力上雕出浩瀚繁星,透过亚克力特殊的导光性,让一颗颗星星绽放光芒,完成了既具科技感,又有艺术性的宇宙星空弧墙。全程参与制作,蔡昇伦觉得这是一次奥妙之旅。"上人在主堂创造宇宙的感觉,其实是要表达宇宙大觉者超越的智慧。'佛观一钵水,八万四千虫',两千五百多年前,在没有显微镜的时代,佛陀就知道有微生物的存在;在科学未发达之前,佛陀已经有了很先进的宇宙观与科学观。"

台湾"中央大学"天文所在二〇〇七年五月十一日,由观测助理施佳佑与广州中山大学叶泉志,在两千八百多公尺玉山上的台湾"中央大学"鹿林天文台观测发现,火星与木星间的小行星带,有一颗过去未知的小行星;经过长期观测、确认轨道后,二〇〇九年获国际永久编号认证为第一九二二〇八号小行星，接着申请命名为"慈济"（Tzu Chi）小行星，二〇一〇年七月二十六日国际天文学联合会（IAU/CSBN）审定通过。

▎一九六六年慈济成立时的行星运转图

为彰显慈济对世人的贡献，台湾"中央大学"将这颗行星命名为"慈济"，代表台湾精神的"慈济"跃上天际，将其无私奉献的精神恒久传递，在地球与宇宙同时发光发热。

这是台湾第一颗以宗教团体命名的小行星，时任台湾"中央大学"校长蒋伟宁特地前往花莲静思精舍，将"慈济"小行星在太阳系轨道的铭板，献给证严法师。铭板上写着一行字："慈济大爱无国界、无种族之分。"

为了确认"慈济小行星"在慈济功德会成立时的正确位置，蔡昇伦特地去请教了天文学者，也在宇宙星空图上标了出来。对于这面蔚蓝浩瀚的星空主墙，他笑着说："绝对有根有据，经得起考验。"

伫望一丛丛竹林，回归竹筒岁月最初心

主堂宇宙星空弧墙两侧的竹雕，是由资深慈济志工高明善发起，国画大师李源海起笔构图，邀请台湾十位木雕艺术家，

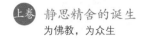

一起完成的巨幅大作。

谈起主墙上笔力遒劲的竹,高明善说,主要在呈现佛陀于竹林里说法的氛围。竹代表德(竹,闽南语音同"德"),竹节象征守戒、廉节,竹叶柔软寓意慈悲,竹干刚劲直入云霄,是不断精进的心。

对于竹雕的精巧,高明善赞叹这群雕刻家们:"在零点九公分很薄的桧木上,创作了六个层次竹叶的重叠,而且让叶子仿佛随风而飘。飘,代表柔软,慈悲的重点就是柔软。"

竹干、竹枝、竹叶有必然的生态,高明善说:"竹子一定是从节生枝,从枝长叶。枝与枝的穿插,叶与叶的重叠,三叶如何重叠,五叶如何重叠,在枝干上或在枝干下又是如何转折,在画家笔下都有很精彩的展现。竹干的刚毅,搭配竹叶的柔软,刚柔并济,才有竹子的本色。或许没有太多人注意这些细节,但是上人让我在竹雕的空间里尽情挥洒,我真的很感恩。"

有着艺术与建筑专业背景的高明善,参与主堂的内装,他清楚证严法师以空间来说法,其中的精神理念与整体设计,有着非常完整的连结。

主堂的视觉焦点,在中央的宇宙大觉者、宇宙星空,象征的是静思法脉,"静寂清澄,志玄虚漠,守之不动,亿百千劫"。静寂清澄的宇宙大觉者,以水晶亚克力塑造,晶莹剔透;而背后的宇宙星空,是广大浩瀚、心包太虚的寓意。

"心量要放大，爱的能量才会一直增加。爱众生，要爱到觉得自己很快乐，觉得众生是自己的责任，到达这种感觉，做到这个功夫，才会找到内心最清净的源头，才能体会到什么是'静寂清澄'。"高明善谈起修行的基本功："当每天看着宇宙大觉者净如琉璃的境界，想想自己今天是否比昨天更清净；当每天看着宇宙星空那么浩瀚，想想自己今天是否比昨天更开阔。"

从主墙中央的蕴涵，延伸到两侧的竹林，高明善解释，竹林有形是事相，慈济宗门也是有形的行动。"无量法门，悉现在前，得大智慧，通达诸法"，藉由四大志业、八大法印，勤行菩萨道，高明善以竹枝竹叶比喻："宗门里讲竹叶竹干，慈悲是一股力量，从付出中接触到苦难的人，才能了解苦难有苦难的人生故事。世间有好事坏事，好事是典范，坏事是借镜，所以上人诠释，无量法门悉现在前。通过很多故事悉现在前，让我们打开智慧，通达诸法，然后才能真正走到净如琉璃的境界，走到静寂清澄的法脉源头。"

做慈济，唯有投入才能体会这个意境，走过慈济二十五年的高明善，真正从事相中有所体会。"十几年来，我从事赈灾，走过许多苦难的地方，走遍大陆好几十个省。一路走来，没有白费功夫，起先觉得很苦，但是走久了，每一次的改变都让我成长，心灵在成长，爱的能量在成长，会觉得做慈济是不虚此行。上人教我们的是真正的真实法，真真实实能够在内心留下

对慈济人有多重意义的竹雕设计

脚印,能够在生命中留下这个基因。"

走过那么多地方,高明善愈走愈柔软,就像竹叶,"上人给我机会投入主堂与感恩堂的一片竹林,让我感受到与上人的心愈来愈接近,我觉得自己很有福报。"

仰视一片天幕,静听法音涌地而出

二〇〇七年,设计师高铨德参与进来,承担起主堂的内部装潢规划。

高铨德十分用心,为此做足了功课,"上人在四十多年前设计的大殿,是'歇山式四斜'的仿唐建筑,所以我走访保存了许多唐宋建筑形制的日本,花了二十多天时间,把京都的佛教建筑看个仔细。"

高铨德看出心得了:"日本的佛寺都是山墙大、屋檐小,有雄壮威武之感,而大殿刚好相反,山墙小、屋檐大的设计,显得清静柔美,富于修行精神。"当年才三十多岁的证严法师,就能如此脱俗出众、独具创思,让高铨德深深叹服。

让他更觉得醍醐灌顶的,是证严法师的设计观,"上人经常跟我讲两个字'静思',就是要我静静去思维。任何事情,抄袭传统就没有思维,遵循现代又欠缺人文,所以要在传统与现代之间创作。上人主张创新的设计,不抄袭,不模仿,希望我有新颖的思维。"

拥有数十年经验的高铨德,在承担主堂内装设计之前,较少参与宗教建筑,证严法师超然于专业之上的设计理念,经常回荡在他的心里。"上人开示过,设计是一种心灵的构造,每个人的心境不同,对于设计所延伸的美丑,各自体会不同。当内心欢喜时,所见皆美,但是如果心情不好,即使面对一件好作品,也感觉不到。"

于高铨德而言,主堂设计之路,就是一程殊胜的修行之路,"上人说,设计是一种修为、智慧与直觉,它不在于美丑,而在于心。"

高铨德指出,主堂的内部装潢,是以《无量义经》作为整体主轴,也就是以《无量义经》为法髓,用无声的说法方式,展现设计理念。"上人希望用'无为法'的思维,透过专业的知识和大家的智能,落实成为'有为法'的实体建筑。"

无为法,有为法,用耳朵去看,用眼睛去听,无形的道理需要有形的事相来表达,主堂就是将"无为法"的虚妙经义,落实成"有为法"的实体设计。

一般而言,宗教建筑不论是寺庙或教堂,空间以纵向居多,因为氛围比较凝聚。而精舍主堂是一个横向的建筑,高铨德在这里有巧妙的转换:"我在天花板做了直线的格栅,延伸纵向感,让视觉上显得深邃。格栅连绵出的线条,在中间形成

充满巧思的三层窗设计（萧嘉明/摄影）

一艘人字形的大法船，透过柚木与桧木的深浅双色，表现出船舱与船舵。上人说，法海升平，法船起航。这艘船已经航行了四十多年，还要继续容纳更多人，继续航向五大洲，闻声救苦。"

许多独一无二的巧思，在主堂内创意现身。比如地板上的小喇叭，是神奇的扩音器，就在每个人席地的座位旁，从地板上发音，这是全世界唯一的设计。常住师父道出这个设计的另一层背景："上人说自己的年纪愈来愈大了，希望他讲话的声音虽然小，但人人都能听得很明白、很清晰。"

主堂墙面开了一整排窗户，白天有百叶窗掩映阳光，夜里透过纱窗阻隔蚊蚋，台风来时更有防台窗守护安全。百叶窗、纱窗、防台窗，一体三层，叠合成"窗中窗"的设计，是证严法师独特的创意，经常让参访者赞叹连连。

证严法师很注重建筑中的虚空，物体在虚空中是平等相融的，任何事物都不互相干扰。门不会干扰天光的穿透，窗不会阻隔空气的流动，墙不会遮断户外的景观。人在建筑里，能与天、与地、与大自然，融合亲近，动静相倚。

高铨德指出，以主堂与中庭而言，存在着动与静、虚与实的关系，动的是主堂，静的是中庭；虚的是中庭，实的是主堂。

主堂是一个"动"的道场。

■ 主堂全貌

■ 主堂地板的喇叭与通风口

一般总觉得道场是静的，但证严法师强调，道场不是只用来念经打坐，念经打坐是一种静，但慈济人来到精舍，是要训练成为人间菩萨，力行佛法，出发到各处去闻声救苦。因此，主堂成为一个辐射慈悲、

以"有相示无相"的钟鼓设计（蔡昇伦/摄影）

行菩萨道的动力基地。进入主堂之前，中庭的虚空感，可以让心先沉淀下来，充分准备。

悠然一声虚空钟鼓，领悟动静虚实

中庭里的钟鼓，含藏着警策精进的深意。

把钟、鼓嵌入菩提叶的镂空之中，来自证严法师的构想。证严法师并提到几点原则，不考虑悬挂，因为花莲地震多，以立地式支撑做发散思维。至于菩提叶与钟鼓如何结合，慈济人创意缤纷，在整个发展过程中，高铨德与张懿两位也都贡献了设计思维，参与了这件有如艺术般的钟鼓造型设计。

证严法师希望钟要从内面叩击，蔡昇伦回忆："我去查找了相关资料，发现在英法等欧洲国家，教堂的钟就是从里面叩击。而且我们设计成自动化，只要一按，钟声当当，声音悠扬。"

至于鼓，以菩提叶托撑鼓身，还可以油压升降，适应不同击鼓者的身高，蔡昇伦说："上人考虑得很细腻，对美感的呈现也很讲求，不断地尝试、调整，直到完成。"

钟鼓周边，各用二十四片小型菩提叶环绕，象征一天二十四小时、一年二十四节令，以及三月二十四日的慈济周年庆，传递了时间、空间、人与人之间的结合。

出入一扇门，行《无量义经》

作为全球慈济人的精神所在，主堂设计以《无量义经》为主轴，木构大门上镌刻的"无量义经"四字，正是证严法师墨迹。

门片间，《无量义经》的《德行品》，正在无声说法。"静寂清澄，志玄虚漠，守之不动，亿百千劫"，字字告诉慈济人，这是"静思法脉"；"无量法门，悉现在前，得大智慧，通达诸法"，句句提醒慈济人，这是"慈济宗门"。

前十六个字的"静思法脉"是秉持佛法，后十六个字的"慈济宗门"是力行佛法。仅只三十二个字，就把这道家门，架构得严实宏深。在这苦难偏多的时代，证严法师要藉由这道家门，引一段《无量义经》，启动千年菩萨行。

盖「自己」的家

第三章

- 我不要你们的钱，只要你们的「力」
- 地下工程密不透水
- 片片铜瓦，智慧工法
- 难题，是创造力的增上缘
- 焊铜真功夫，钣金硬底子
- 安全规格，达到顶级
- 流体力学，迎接清澈的风
- 惜福回收，珍惜物命
- 飞檐拉长情，殿宇扩大爱

上卷 **静思精舍的诞生**
为佛教，为众生

在一个盛夏刚过、酷暑稍降的日子，主堂工程动土了，那是二〇〇九年九月里的一个好日子。所谓好日子，并非事先择日选定的良辰吉时，证严法师告诉工程团队："什么时候准备好，就什么时候开工，准备好的日子就是好日子。"

在此之前，慈诚大队长黎逢时已向证严法师请缨，精舍是全球慈济人的家，恳求让各地慈济人轮流回来盖自己的家，证严法师首肯了。

我不要你们的钱，只要你们的"力"

主堂形式传承静思法脉，建筑经费也秉持精舍"自力更生"的一贯精神。

对于工程费用，证严法师坚持不接受募款，"精舍是大家的家，我能接受慈济人以建设自己家的心，回来精舍工地付出；但是工程上所有支出，都要向精舍请款。我不要你们的钱，只要你们的'力'——大家轮流回来煮茶水、做香积，或是搬砖、打扫，为自己的家尽一份力，师父会欢喜接受。"

四十多年来，精舍的生活用度、十四次的增建经费，都是靠常住制作豆粉、蜡烛、陶艺等手工产品所支应，一路走来始终如一，主堂兴建也不例外。证严法师恳切叮嘱："你们一定要帮我把关，守好我及常住师父们的慧命。精舍是要护持慈济的，但绝不能用到慈济基金会的一分一毫、一点一滴。"

不占用慈济基金会的资源,促成了慈济人"自己的家自己盖"的承担因缘。

主堂建筑总协调梁昌枝说,从规划、拆除到动工,除了钢构、混凝土、板模、机具等重大及专业的工程外包给厂商,其余工程及细作部分,都由慈济志工与常住师父承担,包括木作、泥作、油漆等

■ 常住师父自力更生,守护精舍

等,全不假手他人。

地下工程密不透水

从设计图,化现为建筑体,一个从无到有、超大型的创作,开始启动了。行动第一步,地基下挖七米深,四周紧邻着精舍的三层楼建物,开挖必须有如履薄冰的谨慎。

一根根横向钢桩,像张开的手臂奋力撑住挡土墙,而直立支住这些横桩的中间桩,像顶天立地的好汉满布在地基里,足足一百多根,阵容坚强。

中间桩是仗力相助的英雄,当地下层进行到要浇灌混凝土时,它们就必须退场神隐。要让中间桩神隐,对一般外面的施工做法不难,混凝土灌下,露出的钢骨切掉,就成了。但是建筑总协调梁昌枝说,慈济人不作这样的思考。

中间桩钢骨昂贵,一根要价万元(新台币,下同),百多根就超过百万,梁昌枝多面向分析:"精舍一切自力更生,常住师父们很辛苦,点点滴滴的资源都来之不易,我们要为常住节省。而且,还能使用的钢骨就那样无声无息地沉在地下,太浪费了。更严重的是,任其埋在地基里,几十年、几百年之后锈蚀穿孔,地下水就会渗入建筑物里。上人期望主堂是千年建筑,我们必须考虑历史的长远性,究竟之道,就是把中间桩整根拔出来。"

拔桩不是拔萝卜,一个萝卜一个坑是小事,但拔桩留下的孔洞会让地下水溢上来,这才是大难题。

■ 防水工程的施作情形

上卷　**静思精舍的诞生**
为佛教，为众生

工程团队想出一个独步全台的方法。"用止水带和止水条两道防水机制，"梁昌枝解释说，"止水条遇水膨胀，能把缝隙挤得完全密实，水就过不去了。但是做法非常费工，全台湾大概只有慈济人会这么做了，外面的厂商做不来，我们的师兄师姊很愿意投入。尤其是常住师父们帮了大忙，一个洞一个洞踏踏实实地做，一百多个洞全补得密不透水。"

不只如此，常住师父支持工地，举凡挖土、绑钢筋、开挖面镶板，样样都能胜任。慈诚大队长黎逢时常感到不忍，因为师父们本身的作务（即精舍内的日常工作）已很忙

■（上）让铜瓦紧紧相扣的扣键
　（下）完工后的主堂铜瓦屋顶

碌，但遇到赶工时，有常住师父帮忙，效率高，进度快，专注而持久，施工质量绝佳。梁昌枝还观察到，即使久蹲绑钢筋，常住师父仍自律严实，谨守威仪，工作即修行。

片片铜瓦，智慧工法

鉴于早年瓦片风吹破损的经验，证严法师对主堂屋顶，有装设"铜瓦"的构想。铜瓦在台湾产制极少，样式也不多，必须向日本厂商订购。问题在于，日本佛寺多是木造，铜瓦只要螺丝锁上即可，但主堂为钢筋混凝土的结构，不能如法炮制，否则会破坏屋顶板结构。

无前例可循的施工，该怎么做？这是极度的智慧考验，但没考倒慈济人。

梁昌枝谈起一套稳扎稳打的方法："先预埋钢架，把不锈钢螺丝焊在上面，铜瓦再一片片安装锁紧。"当时的铜瓦日本供货商小林茂听了这套工法，认为失败几率很大，因为八千片的铜瓦，要一一精准定位难度实在太高。

"几经深思熟虑，我们还是决定这样做。"梁昌枝说，"通

过放样画线,测准距离,在固定钢架后,陆续加上隔热层、保护层、防水保护网,最后盖上铜瓦,每片铜瓦的前后用三个扣键紧紧扣住,锁得非常牢固。大家齐心一念,一步一步来,仔仔细细做,真的让我们做成功了!"

当八千片铜瓦整齐序列在屋顶上,沉静的光华,从此将映照于千年的日月星光。

小林茂来到精舍一看,大为惊艳。甚至在后来,他写了一封信给梁昌枝,谈及目前日本有些钢骨结构的寺院要安装铜瓦,询问是不是可以提供这套方法详细的工序与照片。"我们当然不藏私,而且小林先生为人很好,他来精舍好几次,后来日本三‧一一大地震,他也前往慈济的日本分会,跟着师兄姊一起到东北去赈灾,算来也是慈济人了。"梁昌枝觉得,铜瓦作因,结了一个闪亮亮的好缘。

难题,是创造力的增上缘

本不被看好的施工创意,却能让原厂商回过头来技术取经,这是一次非常成功漂亮的解题。

工程难题并不少,铜瓦屋顶上要留出一条截水沟,则是证严法师希望回收雨水的环保理念。一般屋顶只要在檐上做个水槽就是了,但铜瓦屋顶必须考量一体成型的美感及功能。解决之道是,在屋檐之上第三排铜瓦的中间,切出一道凹槽,接缝处全用氩焊密合。将来当雨水汇流到水槽,就从漏水口泄入水管,连通到地下雨水回收池。

这个工程的困难,不在施工,而在预先定位。漏水口的位置在哪里,水管的走向在哪里,梁昌枝解释:"这些细节,都要在地下工程进行之前、整个主堂结构体未成型之前,全部精准算好、定位好,管线一路向上,才能毫无偏差地对上第三排铜瓦中间那道水槽内的漏水口。"

当雨水从水管下来,经过不锈钢水沟,一路直通菜园,流入大蓄水池中,遇到久旱不雨时,就可以用来灌溉。

随时与工程团队一起脑力激荡的梁昌枝,对困难常怀感恩之心。"上人的想法,有时是史无前例的。对于盖房子,上人自称是'外行人',但是他的期望,常会打破我们这些内行人的局限。或许外面的人会觉得,行不通,很困难,做不到,但只要上人认为实用上、环保上该做的,我们就去克服,这反而增加了我们思考的能力、创新经验的能力,是一股向上的助缘。"

焊铜真功夫,钣金硬底子

铜瓦覆顶,屋脊自然也要以铜片包覆。在台湾,并没有为屋脊焊铜的专业师傅。找不到焊铜的专家,那就先找焊不锈钢的行家。

行家一出手,焊的功夫一流,只是必须适应材质的转换,从焊不锈钢的经验里掌握到焊铜的技巧。没有人天生就会焊

上卷 静思精舍的诞生
为佛教，为众生

兼顾环保与美观的雨水回收设计

铜，一回生，二回熟，熟极而流，就又是另一番好身手。

有一天，证严法师来到铜瓦屋顶的现场，问那位正为屋顶焊铜的师兄："你本业是从事什么工作？"

师兄回答："我是做游泳池的！"

做游泳池的人来做屋顶！乍听是八竿子打不着的两种行业，任何人都会一头雾水。梁昌枝上前说明："游泳池防水，都要先用不锈钢板焊一层内衬，水才不会渗漏，这位师兄就是专门焊不锈钢内衬的师傅。"

在这里，焊接高手，技术大会师，还有人本行是做铁架、做厨具的，他们焊功深厚，在铜屋顶这个舞台上，声光璀璨，挥洒得淋漓尽致！弯弯曲曲的角落，一点一滴地焊实，硬底子，慢功夫，丝毫不松懈，光是屋脊就焊了好几个月。

屋脊是曲度的表面，而且两端大小不同，比如燕尾前大后小，就必须透过钣金，把包铜锤炼平整。而前来为屋脊施工的钣金高手，竟是一位汽车厂老板！又是八竿子打不着的两种行业。

梁昌枝谈起这位老板:"他的钣金功夫非常了得,本来有一家日本古董汽车公司,看上了他的功夫,要高薪聘请他去为珍贵的古董车钣金,但他没去日本,他来精舍。汽车钣金与铜瓦屋顶原本连不上线,但就有这个因缘,师兄很高兴他的技术被上人回收,发挥了超乎本行的专业能力。"

始料未及的因缘,发挥在主堂的铜顶,每一天,锻造敲锤,趴伏在屋顶现场手作。夏天里,七八月的气温很高,铜板火烫,梁昌枝形容:"踩下去脚底都快要熟

▌铜瓦施工,展现高超技巧

了,师兄们趴在那里焊接、钣金,真的很感动。"

上卷 静思精舍的诞生
为佛教，为众生

由志工与常住师父合力承担，"自己的家自己盖"

安全规格，达到顶级

构造坚固的"千年建筑"，是证严法师对主堂的第一期许，因为这里不仅是慈济人的心灵故乡，将来也会成为古迹。

台湾处于地震带上，花莲更是地震频繁，因此主堂 SRC（Steel Reinforced Concrete，钢骨钢筋混凝土）的整体结构，均采用最高等级的耐震系数，已达到台湾规范顶级救难中心的规格，即使在强烈地震来袭时，各项设备依然可以正常运作。

负责主堂钢构的"中钢结构"，是过去承揽台北一〇一钢构的工程公司，这次为主堂担纲挑大梁，精确完善的施工、零事故的安全措施，是护持慈济最深刻的用心。

任职中钢施工所的所长简昆木，对钢构非常内行，为了主堂工程甚至提前退休。当钢骨还在厂中铸造阶段，他为精舍驻厂监造；当钢骨运到精舍施工时，他领导着优秀的工班。

▌二〇一〇年主堂钢构上梁仪式

第三章 | 盖"自己"的家

当时简昆木长驻花莲,从头到尾全程督造钢构工程。梁昌枝说:"简所长家住高雄,来到这里,若要回家或回公司,每次都是做到火车时间快到了,才赶着去搭车,非常地尽心尽力,让工程团队感动不已。"

主堂建筑另一特色是"韧性接头设计",精确计算地震时各梁柱均匀受力承担系数,让全体梁柱共同受力。这个"中钢结构"的专利设计,正是慈济人合心、和气、互爱、协力的精神,彰显在钢骨上。

二〇一〇年五月七日,主堂钢构"上梁",仪式完成后,证严法师提及:"今天天气很好,没有大太阳,只有微风徐徐吹着,上梁时我看到一群白鹭鸶从空中飞过。"事后四下探寻,果然有摄影同仁拍到了那当下的一幕,八只白鹭,身羽光洁,缓缓飞过上梁的刹那。

那真是一个天地舒爽的好日子,已过五月立夏,竟然是清风徐徐、艳阳暂隐。蔚蓝天空下,白鹭翱翔时,一只庞然巨臂,吊挂着结上红彩的钢梁,缓缓的,稳稳的,落定在主堂屋顶最高处的中央。一行白鹭上青天,用优美的线条,勾勒出主堂在天、地、人之间,一幅生动的清景图。

流体力学,迎接清澈的风

不使用冷气,是证严法师对精舍建筑的坚持。"我们提倡环保救地球,不想增加二氧化碳的排放,不想让周围的空气变热,就一定要从自身做起。这是对地球、对空气所表达的一份呵护与敬意。"

要让主堂建筑既符合环保理念,又能自然通风兼具节能,梁昌枝承认这是一个蛮大的挑战。"因此我们找了专家学者来协助设计,得到很实用的建议。把地板架高约四十公分,当主堂里众人聚集而温度上升时,可以让凉空气通过地板下设计的风洞及格栅而引流上来,再加上周围的排风设备,以及屋顶四周的高窗,热空气排出,凉空气进入,顺畅循环,人在里面就会感到舒适。"

从主堂一楼直到顶楼藏经阁,都是依流体力学的设计,即使聚集人数众多,一时无法迅速换气,也还备有强制排风的电扇,用很省的电力,把热空气抽出,凉空气引进。

主堂刚在规划之初,曾经有人向证严法师建议:"既然建地有限,无法盖得大,那要不要盖高一点?"

证严法师回答说:"有形的高度无法比较,也无须比较,有人盖十层,就还会有人盖一百层。有形的建筑盖再高都会被超越,无形的心灵境界则是自修自得;要不断自我超越,直到'慈悲等观'——如佛菩萨般不起分别心,平等看待众生、度化众生。"

惜福回收,珍惜物命

精舍之美,美在绿建筑概念。惜福回收,即是一种珍惜

上卷 静思精舍的诞生
为佛教，为众生

感恩堂全貌

物命的慈悲。比如拆除观音殿时，门扇、窗框、地板都还完好，为了物尽其用，慈济人仔细把铁钉拔出，擦拭干净，包装保护，存放在仓库中。等结构体完成，进行内装时，全部用进新的建筑里，一点也不浪费。由于施工精细，所以若不特别指出，根本看不出是旧料新用。

正如慈诚大队长黎逢时所形容："把每块盖主堂的木头都当作菩萨，用恭敬、虔诚的心去处理。"就连主堂剩余的木料，也一一回收，制作成精美又实用的木筷与木笔。证严法师拿来与众结缘，希望大家用笔写好自己的人生剧本，用筷子吃饱饭，成长慧命。

只要在生活中多一份用心，将物质享受回归简朴，与大自然共存共生，就是为地球尽力。

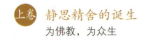

从无到有完成主堂后,坐在其中聆听证严法师开示,梁昌枝心中有着很不同的感受。"我非常感谢常住师父及这么多师兄姊的投入,其实,发包出去的工作如混凝土、板模、机具,都是很标准化的技术,真正的'眉角',都是常住师父及慈济人心血的投入,才让这个建筑物呈现得如此庄严。"

从事营造这么多年,对于砂石、水泥、钢铁有超乎一般人的熟悉,梁昌枝说:"这些本都是没有生命的东西,但是如今想来,我对它们充满感恩。它们有因缘在这里成就一座很庄严的殿堂,让上人天天在里面讲经说法、开示大众,这些没有生命的砂石、水泥、钢铁,也如同得度了一样,参与美好的事,发挥了它们最大的价值。"

飞檐拉长情,殿宇扩大爱

一直带领着弟兄们携手并肩的慈诚大队长黎逢时,赞叹世界上应该没有这样的工程了,不管是哪一个环节,大家都是以恭敬虔诚的心去面对。钢筋是慈济人亲手裁切、亲自施作,绑扎也完全按照标准程序进行,每一个节点都结实牢固。"即使已经检查过好多遍,常住师父仍会再三确认每个细节,所以保证安全。"

证严法师对这空前之举感到欣慰:"我们的道场虽然简朴,但是细腻、有内涵,一砖一瓦都是真功夫。大家'做中学、学中觉',从打地基开始就力求稳固;这份细心和用心,让师父很安心。"

"主堂真的是慈济人自己盖起来的，"证严法师语调欣慰而满足，"从向下挖地基，到主堂耸立，每一寸土地、每一处钢

以虔诚恭敬的心成就人间道场

筋、墙面，融入点滴汗水与力量，终于成就庄严道场。这是我们用自己的力量所建造的家，也是静思法脉的起源地，希望主堂里法髓不断，静思法脉永续传承。"

二〇一二年，主堂正式启用，空间宽阔高敞，相较于最初只可容纳七十多人的大殿，主堂纳进了海内外的人间菩萨。

从"大殿"到"主堂"，从三十三坪平房，到三层楼的建构，仿唐式歇山重檐，飞檐拉开了长情，殿宇扩展了大爱。证严法师说："每天清晨从书房走出来，要到主堂的这一段路，我很珍惜，步步踏在地板上，念念都是感恩。"

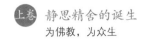

别录　精舍的一天

打板——凌晨三点五十分

"扣！扣！"的打板声，画破沉寂大地，星空下的精舍大殿，已灯火通明。

随后，一阵钟声当当，香灯师唱起"叩钟偈"，祈愿众生闻钟声，烦恼轻，智慧长，菩提生。接着，鼓声咚咚自缓而急，由小渐大，敦促大众进入大殿做早课。

掌管大殿香烛、早晚课诵与打板叫醒大众的"香灯师"，要比所有人更早起身，擦拭佛桌、上香、燃烛、供果、供粥，排整拜垫，开好殿门，迎接大众上殿修行。与香灯师一样早起的，还有负责大寮执事的师父们，在夜色中生起灶火，第一件事即淘米煮粥，准备早课供佛之用。

每天只睡五个小时的证严法师，板声未敲之前即已起身。心不动念，静寂清澄，在这一天的起始，犹如澄澈湖水，即将映照潮涌而来的人间诸事。

早课——凌晨四点二十分

　　精舍主堂里，宇宙大觉者慈悲庄严，常住二众序列井然。当担任领唱的"维那师"，低沉宏亮的起了第一个音，"炉香赞"的诵声立即回荡殿宇，早课开始了。

　　山峦大地迷濛未明，经声悠扬如潮涌，常住众以礼拜《法华经序》作为功课。

　　证严法师早年在小木屋修行时，有一天清晨正在礼拜《法华经》，专注地一字一拜之时，忽然感觉到心中浮现一个圆明如月的意象，心境非常明亮、非常开阔。虽然小木屋的空间很窄，但当时却觉得置身在辽阔无际的环境中，心灵意境难以用言语形容。

　　证严法师教导大众在课诵时，随文反照自己，杂乱漫心自会随着庄严的梵呗唱诵，渐渐澄净。课诵、绕佛之后，短暂静坐。静坐在大地之上的中央山脉，宁谧守护着静思精舍。天色将明而未明，鸟音隐隐，蛙噪虫鸣，树枝在风中摇曳，入耳清晰。

　　心宁境静的诗意，证严法师曾经这样描述："精舍天未亮之前的景象，真美。我每天早晨天未亮就走出来，准备讲经。

别录｜精舍的一天　　53

一踏出门，站在走廊外，抬头仰望天空，想到宇宙大觉者释迦牟尼佛，他的智慧就是这样无边无际。周围环境很宁静，我站在那里，静静听大地呼吸，旋律真美啊！还有，静静地看着，每一颗星星离我多么多么遥远。可是，好像听到佛陀在为大地说法……"

晨语讲经——凌晨五点二十五分

当大众赞佛声再起，证严法师已进入大殿立于中央后方，开始举足前行。有如风吹云动般的步履，轻缓而稳实，僧衣飘飘，神态安详肃穆，威德具足。直到佛前，合掌，屈膝，躬身跪伏，以最虔敬之心伸出双手，至诚顶礼；而后翻掌，起身，问讯。每个动作，仿佛都是从生命深处涌流而出，如优雅之河，极慢极简的一举一动，清清楚楚觉察，在在处处见法，让看到这幕的每一个人、上殿早课的每一位常住众，都同感摄心之美，全场薰沐佛香、法香与德香。

上座之后，证严法师开始为大众开示"静思晨语"。此刻，他的语声特别轻缓，仿佛是天方破晓、晨曦一层一层亮开的节奏，仿佛是与大地上每滴水、每棵树、每阵清风同一韵律、同一声息。以这样的语声，与二众弟子们谈法、谈心，引导修行。

证严法师曾如此流露心声："晨语讲解《法华经》，我自己很珍惜每天早晨与大家谈法的时刻。"现今科技无远弗届，慈济各地会所和静思精舍连线，每日天未亮，慈济人就分别集合在社区道场里，礼拜早课，恭听证严法师讲经。而通过网际网路，全球慈济志工穿越时空限制，都可以跟着静思精舍的作息，一同"晨钟起，薰法香"。

早斋——上午六点

精舍早斋，以精进简餐为原则，证严法师举自己为例："现在精舍用餐力求简单，我只要在早餐看到馒头，就起欢喜心。两片馒头，再加上五谷粉豆浆，就很饱足，而且觉得一早吃得清净简单，身体也很轻松。很简单就能吃得饱、又有营养，所以觉得很开心。"

早斋时刻，广播里传出证严法师在晨语时开示的内容，让大众在用餐时，温习所听，思维法义，长养慧命，分秒不空过。

"我常在吃早饭时，聆听自己早课在大殿对常住弟子讲话的录音，以提醒自己不忘所言。"这是证严法师严谨的自律。

证严法师饭量不多，用餐速度很快，一来要为七点的志工

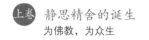

早会准备,二来让同桌用餐者自在。

过去大寮备办三四十桌的饭菜,需要许多人力,现在精舍早斋食用馒头和五谷粉,就能减少香积时间,让回到精舍的志工都能安心闻法,不需为了几百人吃饭而在大寮忙碌。

出坡——上午六点二十分

早斋后是大众"出坡"时间(即僧众进行劳动性的工作),来自各地的慈济志工与常住师父们忙里忙外,有人扫落叶、捡枯枝、抹门窗;有人整理寮房、清洗碗盘和打扫浴厕;有人头戴斗笠、脚穿雨鞋,下田拔草、播种、松土、施肥及浇水。竹帚拂地的沙沙声,这处那处交响在庭园里,证严法师将之喻为"朝气之声"。

百鸟和鸣,韵律婉转。"每一天的早晨,我最喜欢的就是这一刻。"证严法师形容,"树木、花草,几天前枝桠还是光秃秃的,没多久再仔细看看,很嫩的绿芽已经长出来了;再几天之后,大树也都更加茂盛。有时我会在门里看门外的境界,就感到生命不论是动物、植物、人物,的确太奇妙了!不由得从内心涌出那份爱,很想去呵护它,想要维护它,让大地万物处于自由自在的境界中成长、生活。"

如同《寂静之声》作者所言："万物非无言，寂静中充满蓄势待发的奥秘"，正可形容精舍一花一世界生生不息的力量。

山门两旁清香洁白的迎宾木莲花，修剪成慈济标志的细叶雪茄花矮丛，叶形如心的菩提树、茄苳双树、榕树，全都蓊郁青翠；花朵小巧的桂花清香四溢，挺拔的肉桂树遮阳成荫；还有会客室回廊檐前的老梅树，是一九六九年精舍兴建时所植，每逢冬春之交，五瓣白花点点如雪，傲霜挺立吐露芬芳。而知客室前的大面包树，树下有石椅，常见访客一家大小围坐谈心，十足的幸福清景。

志工早会——上午七点

精舍看似出世的宁静朴实，却流动着来自全球的人间诸事，传统与现代交会在这个修行的空间里。当大寮还在用着柴火大灶的同时，主堂中的电脑资讯科技，已将证严法师在志工早会上的开示，和各地慈济人视讯同步连线，实时传播于全世界。

每天，证严法师上午六点半观看大爱台晨间新闻，晚上看他台新闻报导。结合全球趋势、社会脉动与慈济志业推动的志工早会，从后山看世界、以佛心应世事的开示，是慈济人日日必须摄取的资粮。其间的观机施教，借事显理，不仅指出了时代的病症，也开出了对治的良药。

证严法师开示之后，通过同步视讯，各地慈济医院的医护人员与医院志工们，慈济大学师生与大爱台同仁，上台分享服务心得。证严法师智慧和幽默的回应，往往在此时展露无遗。

周而复始，单纯而规律，证严法师说："三百六十五天循环的早会，可以听到很多感人的故事。我虽然不在各地现场，但我们的志工以及医护团队，都在病人身边，在感人的事迹里互相启发。我听到这些分享，总是很感动，感动于每个社会的暗角，都有慈济志工陪伴着苦难的人。"

精舍在资讯领域上素有耕耘，许多先进的想法与概念一直在实作中，全球的视讯连线常态地进行，藉由科技净化人心。通过电脑视讯参与志工早会的慈济人，即时听闻证严法师的叮咛，不论多远，都能立即起而行动。证严法师赞叹科技的日新月异："对于弟子，以前师父是直接指导，我现在也在适应时代，配合科技与大家互动。"

各司其职——上午八点三十分至中午十二点

薰沐法香的志工早会结束，大众从拜垫上站起，精舍的节奏随即进入忙碌的动态。知客室、蜡烛间、陶艺坊、粉间、香积饭、净皂厂、大寮、菜园、有机堆肥场……各种产作，各司其职，常住自力更生维持生活所需。

证严法师认为，静思精舍必须是慈济基金会的靠山，"精舍要站得稳，成为慈济的后盾。承担起全球慈济人归来，包括参访会众与医疗志工在精舍的生活所需，以及慈济志业体举办的各项教育营队用度。"

因应慈济的成长与发展，部分常住师父的执事更进驻慈善、医疗、教育、人文的志业体，发挥个人在电脑、摄影、音乐、写作、行政管理等方面的长才。还有一群常住师父，每日敬侍师侧，亦步亦趋紧紧跟随，巨细靡遗记载证严法师的言教、身教与法教，形诸文字，结集成书，荷担留法留史的使命。

每天，证严法师行程满档，会客室里各种会议讨论、访客接见、与慈济人座谈、解惑开导，一波一波紧凑进行。即使因眼疾手术，医师嘱咐须静养数日，证严法师依然会见诸多来客。其间腰痛旧疾复发，复合式的疼痛并起，身心的压力很大，要做的事情很多，急切感常让证严法师不惜色身，只盼能多关怀大众、利益人群。

犹如蜡烛两头烧，证严法师不断环顾全球事务，完全没有自己，哪怕是睡觉都觉得是浪费；有病痛时，不是休息到痊愈，而是做到痊愈。许多人叹服这样的毅力与意志力，证严法师说："即使每踏一步都感觉痛楚，只要还能行动，每一步我都感恩。"

午斋——中午十二点

斋堂里排开五十几张圆桌，每一桌上，四菜一汤简朴清淡，一盘水果新鲜可口，米饭盛在古意的小木桶里，一只光洁小壶装着热开水。

证严法师一踏入斋堂，大众起立合掌，落座后，合十默祷，然后全体开动。

拿碗如"龙口含珠"，夹菜似"凤头饮水"，坐姿端正，优雅地以食就口。碗盘不剩饭菜，用完结斋离桌，椅子轻拉慢放。日常的饮食规仪，证严法师教导大众要视如修行。

简朴素食菜根香，证严法师认为："五谷杂粮是真正的佳肴。看看天地对众生多么爱护，东方人吃米，西方人吃面粉，高原地区人们吃青稞，贫穷的人吃玉米，更贫穷的人呢？听起来心很痛，绿色的就能吃。总之，五谷杂粮能够维护身体的健康,这就是最好的食物。"

食物在静思精舍,被全然感恩地对待,饭菜用完,从小壶中倒出热开水,把碟涮净,再倒入碗中晃晃,然后一饮而尽。证严法师与所有人都以这个动作,结束每一餐饭,这是对食物的珍惜。

根据统计,全球有八亿人口长期挨饿,然而中国大陆每年倒掉的剩菜,就能养活两亿人;台湾每年浪费两百七十五万吨的食物,可让三十一万个家庭得以温饱。所以证严法师常感叹:"富家一餐饭,贫人半年粮。"关怀世间的饥饿者,这基本的人道精神,就从每一餐的简朴饮食、感恩食物做起。

午休——中午十二点三十分

用完午斋后的休息时刻,精舍一片宁静。

宁静中,常有低低的语声,微微的响动。有时是精舍同仁读书会,利用午休时间在会议室一同精进;有时是常住师父正在教导慈济基金会各处室的同仁们包馄饨;也有人饭后经行,在树下背读经典偈诵;有人继续手边工作;有人相约讨论……

而在这午休时刻,证严法师用以阅览及回复来自世界各国的慈济人,所汇进来的传真或电子邮件。对待时间如钻石,分秒不空过。"每一天都是每个人唯一的一天,每一秒也是每个人唯一的一秒。"证严法师常教导弟子们珍惜时间,"我们的人生都是由每一秒钟所构成,每一秒钟都是我们的一大事因缘!"

祈祷——下午一点二十分

主堂里,准时传出《祈祷》的歌声。

> 我的心　在静思中感恩
> 我的心念充满虔诚
> 大家一起来祈祷
> 从不同角落地点
> 祈求平安吉祥满人间
> 我的心　在静思中感恩
> 我的心念上达诸佛听
> 大家心口一念
> 化解恶念结善缘
> 祈求天下无灾　岁岁年年

用心祈祷　我愿人人传承智慧灯

清净温暖又光明　点燃无穷清净爱

提灯照亮人间路

用心祈祷　但愿人人牵手心连心

开启光明大爱　长养智慧福德

娑婆世界现光明

我的心　在静思中感恩

我的心念上达诸佛心

大家心口一念

化解恶念结善缘

祈求天下无灾　岁岁年年

每天这个时刻，精舍常住师父与同仁们、慈济志工，集合在主堂，长跪于佛前，合十，同唱《祈祷》，通过歌声，表达最虔诚的心念，希望能把祝福上达诸天诸佛菩萨听，祈求天下无灾，平安吉祥满人间。

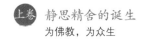
为佛教，为众生

各司其职——下午一点三十分

精舍的节奏，持续进入忙碌的动态。

证严法师持续一波一波的会议讨论、指导会务、访客接见、座谈、解惑。他有时慨叹自己在精舍走动的路线，总不出书房、会客室和斋堂等地；而只要没有访客，证严法师都在书房里。"我性喜静寂，做慈济，其实与我个性相违背。但是不忍众生苦，所以不得不走出去……"

晚课——冬日下午四点五十分；夏日下午两点四十分

修行生活是一种醒觉的生活，一天之中，除了时时省察自己的心念之外，大众共修的早晚课，更是修行者专注用功、对众生关怀祝福的重要时刻。

在静思精舍，早晚课是连结常住众一日行持生活的两个关键，证严法师教导弟子们二时功课、朝暮精勤。"每天清晨的早课提醒大众一天又开始了，晚课则是让人反省今天道心坚定吗？在修学道业中有无进步？并且还要自我警惕：这一天过去了，生命又少一天了，要赶紧灭除烦恼，每一念都要在精进中。"

从早课提起一念善心,到一日将尽时的晚课,随着庄严的梵呗,增长慧命与道心。

晚餐——晚间六点

晚餐又称为"药石",依照古制,修行者"过午不食",但现代的出家众与修行者除诵经礼佛外,还要承担大量工作,为了照顾体力,道场里也有准备晚餐,服之以疗饥渴,所以称为药石。

医院志工结束了一天的服务,六点前回到精舍,晚餐就开始了。证严法师并没有与大众共进晚餐,下午六点以后,还有许多工作正待进行,批阅公文、看新闻、阅览各国日志,亲自做笔记,准备隔日晨语时间的讲经。

证严法师曾经形容自己,即使抽骨作笔、用髓当墨、以皮肉为纸,亦无法道尽对所有志工菩萨、志业体同仁的那份诚挚心意及深深的感恩,"对慈济人的付出无以为报,我不敢懈怠,唯有更提起毅力,为弟子讲经说法,让大家增长慧命"。

安板　止静——晚间九点四十分

晚间九点,击鼓咚咚,而后,叩钟当当。证严法师教众:

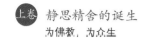

"听闻鼓声,不论这一天遭遇何等繁杂人事,都要放下所有工作;再闻钟声,则要去除种种烦恼,安下心来准备休息;直至九点四十分敲板,就完全止静安歇。要培养'放下'的功夫,让身心得到彻底休息。隔日清晨三点五十分听到板声,随后听到钟声,则要自我提醒'勤精进,莫放逸',进殿做早课,展开一天的生活。"

下卷

静思精舍的家风
——一日不作,一日不食

送往迎来接待十方

第四章

- 在倾听中抚慰心灵
- 全方位的接待
- 陪伴的延长线
- 把每一位访客都当作佛
- 祝福的力量
- 知客,就是体知客人的来意
- 感树恩,念地德
- 导之以礼,念佛进斋堂
- 「您就是菩萨!」

下卷 静思精舍的家风
一日不作，一日不食

佛陀在世时，僧团里有一位弟子驼标比丘，发心负责知客工作。每天，驼标比丘总是面带笑容、谦和欢喜地接待访客，为远来者安排挂单，常常过了深夜，仍提着灯笼，带引客人入住安歇。数十年过去了，驼标比丘日日为人提灯照路的手指，感得自然放光的福报，亮如灯盏。从此不论风雨夕暮，只要举指一照，暗夜之路也能明亮而行。

在倾听中抚慰心灵

立于指引明路的第一线，"知客"工作在佛寺及传统丛林中，负责迎送与应接宾客，引领听法、拜见、食宿，服务范围很广。

在静思精舍，经常"高朋满座"的知客室里，茶香、咖啡香交织着温馨的座谈。对知客事务娴熟而资深的德如师父回忆："最早期，精舍并没有知客室，也没有特定的知客职称，上人希望我们每个人都能多元学习，承担多角色与多功能，除了常住执事的轮值之外，还有自力更生的手工生产。所以有访客来了，我们就从工作中走出来，很自然地上前去招呼。"

俗话说"无事不登三宝殿"，在以往的年代，人们进到佛门多是有所祈求，求健康平安，求事业顺利，求家庭和谐，求心灵解脱。所以凡是有客来到精舍，常住师父们就会请他坐坐，奉上一杯茶，跟他谈谈心。在交谈当中，自然了解到来客烦心忧苦的人事物。德如师父归纳："众生之苦，很多都离不开家庭，夫妻之间、亲子之间、婆媳之间，种种纠结的苦楚，我们就在倾听中给他一些劝慰，建议一些人生方向，希望能解开他心中郁结的苦闷。"

全方位的接待

克勤克俭的年代，招呼客人诚意在心，当时不大的中庭，简单的桌椅，围坐着求法的人们。"真正最辛苦的是上人。早期，其实都是上人亲自接见访客，经常从早上到傍晚，都在为忧苦的心灵开示解惑。"德如师父娓娓道出"知客"的成长史："随着慈济的因缘，精舍的脉动也跟着不断在成长，人来人往，愈来愈多。尤其到了一九七九年，上人发起盖慈济医院，各地委员、会员来回精舍，更是络绎不绝。一九八九年教育志业起步，'慈济列车'诞生了，成千上万参观慈济志业的民众，以及每个月固定参加'委员会员联谊会'的人们，搭着火车，回到了精舍。"

这来自各地的参访者，一踏入精舍，首先就受到知客师父们亲切的招呼，有许多人因慈济之行而深受感动，从此改变了人生。

后来又有各种教育营队的举办，知客师父们同时兼任工作人员，从早到晚打点一切，德如师父说："那也是一种接待。"

慈济从最早的慈善起家，逐步进展到医疗、教育、人文志业，德如师父从这条延伸的轴线看知客室的发展："上人关

下卷 静思精舍的家风
一日不作，一日不食

知客室一隅

怀的层面愈来愈广，知客室的空间渐渐从无到有，从小小的一处，随着慈济志业的因缘，随着精舍工程的扩建，而成了现今知客室的面貌。"

陪伴的延长线

曾经，简单的中庭只有简单的桌子；曾经，座位只是一排一排的塑料椅，但都无妨于待客之诚。"上人告诉我们，要让访客有宾至如归的感觉，就像回到自家一样，不陌生、没有距离感，我们都是朝这个方向去努力，以热诚慈悲广结善缘。"德如师父说。

有缘来到精舍，希望人们离苦得乐，知客师父们与访客交谈的话题，都汲取自证严法师的开示。

常住师父们虽然身在道场修行，但是见闻开阔，"因为上人无时无刻都在教导我们。"德如师父举例："每天清早的'静思晨语'，是佛法的开示；而'志工早会'则结合了社会的脉动与慈济人的作为。这种种分享，在接待时就可作为话题，尤其是面对心灵有苦楚的访客，更要善巧运用，以个案来辅导个案。"

苦，谁没有或多或少的难言之苦；难，哪家哪户没有一本难念的经；生离死别，怨憎相会，世间之苦个案很多。听听别人也有苦，想想自己的苦也能走过来，打开心房，离苦得乐。"我们就在这当中牵一条线，陪伴他一些时间。当他回去之后，还有社区中的师兄姊可以接力陪伴，而且打开大爱台，透过荧屏也能得到很多解脱心苦的资粮。"德如师父认为，陪伴的延长线，是希望人们从一己小爱走上大爱之路，从参与行善中，真正解开心中之苦。

把每一位访客都当作佛

德如师父接待访客，首站都设定在大殿礼佛，如果宗教不同，合掌致意，也能表示一份尊重之心。"我通常会以故事解说大殿里的三尊佛菩萨。佛陀是两千多年前出生在印度的王子，是一位觉悟的圣者；观世音菩萨'闻声救苦'的精神，地

下卷 静思精舍的家风
一日不作,一日不食

师兄师姊齐聚知客室,大家开心地唱着慈济歌曲

藏王菩萨'地狱不空誓不成佛'的悲愿,都是向大众介绍的重点。"

介绍佛菩萨,也精进于学习佛菩萨。德如师父回想最初开始担任知客时,心里总是挂碍着自己没有时间拜佛、没有时间念经,"后来我转一个念头,把每一位访客当作心目中的佛,用礼敬诸佛的心,诚心诚意地接待每一个人。这一念转了之后,我就自在了,觉得每天都在亲近佛菩萨,每一位来到精舍的人,都在帮助我的修行,我很感恩。"

在知客室里,总能看到德如师父亲切的身影,"再怎么忙,我都要去跟访客寒暄几句。热诚的招呼,慈悲地接待,智慧地引导，知客的重点就是这样。尤其对于心灵受苦的人，虽然一切都要当事者自己去面对，但是我们尽心随缘，希望能对他有所帮助。"

祝福的力量

一对中年夫妻，坐在知客室里，太太未语泪先流，先生正在述说家中的伤心事，陪伴他们的，是知客经验多元的德劢师父。

这对夫妻有个儿子，读大学了，但是整天沉迷于网络，是一个不喜欢与人互动、不想跨出家门的"宅男"。因为与爸爸互动不良，几天前，爸爸说了重话，孩子一气之下，离家失联。

其实这孩子颇有善根，他曾经跟妈妈说过，想要到慈济当志工，所以夫妻着急寻来，然而，精舍里并没有这样的访客。

德劢师父给了夫妻俩建议，"以目前的状况，你们能做的，就是多祝福他。两位不妨到大殿去礼佛，诚心诚意地发好愿。"

夫妻礼佛之后，回去了。事隔两天，德劢师父接到这位妈妈来电，语气兴奋不已："儿子回来了，我带着他正要去精舍，我们已经在火车上！"发愿的力量，果然让孩子接收到爸妈的祝福。

孩子长得又高又帅，德劢师父跟他分享了一些理念，刚

下卷 静思精舍的家风
一日不作，一日不食

▍知客室体知每一个人的悲苦

好，那天也有慈诚队的师兄在知客室，德劢师父顺此因缘跟孩子说："你要不要去问问师伯他们，去了解一下当父亲的心情。"

孩子去跟师伯谈了，德劢师父后来跟他做了分析："爸爸当然是很爱你，只是方式不同。我想跟你分享的是，父母之爱所呈现出来的形态，有人很理性，有人很感性，你无法选择，但是毋庸置疑，那就是爱，你要去尊重。如果目前你还不想复学，可以先去慈济的环保站，多投入，让爸爸妈妈也陪着你。刚好师伯跟你们家在同一区，这么有缘，你就多学习。"

在知客室里结了这份千里来会的好缘，母子回去之后，德劢师父继续电话关怀。这家人真的去做环保了，而妈妈也开始在考虑，要不要辞掉工作，把更多时间放在孩子身上。

双薪家庭的确给了孩子优渥的物质层面，但却没能好好陪伴他的成长过程，当惊觉到孩子偏离常轨，一时找不到切入的点，也是必然的结果。德劢师父希望妈妈自己慎重衡量，"既然你们有常态性的陪伴孩子做环保，代表这一年来，家庭维持着一定的相处品质。"德劢师父抱持乐观，当有了可以共同投入的方向，亲子关系的经营，必能渐入佳境。

知客，就是体知客人的来意

心灵的辅导与陪伴，本就是知客室的功能之一。"知客，就是体知客人的来意，"德劢师父如此诠释，"那也是一种观察力，知道访客为何而来，比如，有人是随缘观光，有人是团体参访，有人是抱着探索之心，想要深度了解什么是佛法。但无论来意为何，我一定会跟访客分享四个重点，一是对佛法的正知见，二要做环保，三看大爱台，四是竹筒岁月的介绍。"

对世间万物具备正确的认知与见识，是佛法信仰的正知见。德劢师父举例，比如精舍主堂启用，并无民俗上所谓的看日子，众人聚集在一起就是最好的时辰。"上人带大家礼佛三拜，就是正式启用了。在精舍礼佛，不烧金纸，以保护生态；也没有抽签，因为命运要靠自己去运命；更不设功德箱，上人坚持自力更生。"

学佛者欢喜虔诚供养佛法僧三宝，这是培植福德之事，而对于僧宝的供养，德劢师父强调："无需执著在物质钱财上。上人转化供养僧宝的观点，大众有任何捐献，全归入四大志业，在慈济的功德海里广结众生缘。其实，最高的供养是'行

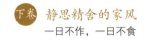

的供养'，上人要做的事很多，大家一起来行善，凝聚爱的力量，为需要的人解决物质上或精神上的痛苦，这才是供养的最高意义。"

爱的凝聚，一生无量，德劭师父谈及证严法师所讲的"有一缺九"："并不是一百万想变成一千万的金钱追求，而是每一个好人的后面，还要带出九个好人；这九个好人后面，一一各有九个好人。这就是一生无量，更多好人汇聚，从邻里之间协力互爱，扩散到全球各角落，人间净土就会出现。"

感树恩，念地德

有一回，中国大陆北京的领导来访，由德劭师父陪同参观精舍，离开前，他们问了一句话："师父，我们在哪里可以买到手帕？"因为精舍一行让他们迫切感觉到，不能再因一时方便而使用面纸了。

面纸与擦手纸巾，都是经过砍树、漂白、包装、运输等浪费能源与污染环境的过程，才生产出来，最终却被丢弃焚化掩埋，无法回收利用，是资源的一大浪费。所以保护地球，就要从改用手帕开始。

数字会说话，每年每人纸张消耗量约要砍掉十六棵大树。一棵大树的长成，至少需要二十年的时间，换言之，一人一年就耗尽树木的三百二十年！

一棵树的价值，无法以金钱估量。树木可以调节温度，浓密的树荫相当于四十吨冷气的威力。树木也是天然的空气清净机，吸收二氧化碳、产生氧气、降低空气中的悬浮微粒浓度。树木更为人类保持水土，而栖息其间的许多物种，正是人类食物网上的好邻居。这样宝贵的树木，二十年长成的翠绿挺拔，只要十秒钟，就会因人们的浪费纸张而倒下。

证严法师曾在志工早会里开示，佛陀在树林里，觉悟到万物的依存关系。"佛陀天天在思考，除了静坐以外，就在树林里，绕着树，看着看着，思考着佛法与天地宇宙间的法则是那样的微妙……那个时候，佛陀的心除了解脱一切烦恼，同时他也感树之恩、念大地之德，树恩、地德，让他能有如此宁静的境界，而觉悟天地万物的大道理。"

佛陀已是觉悟的圣者，尚且如此感树恩、念地德，更何况凡夫如我们，能不敬天爱地吗？德励师父经常为访客分享证严法师这样的开示。

这团来自北京的三十五人，后来在静思书轩买了七十条手帕，精舍一行，他们真正结成了"手帕至交"。

导之以礼，念佛进斋堂

知客工作除了辅导、陪伴、导览参观之外，另如志工早会的座位安排、访客拜会证严法师的居中引介、斋堂每一餐用餐人数的统计，都是知客室协助的范围。尤其农历春节，精舍人潮汹涌，一餐平均高达两千人用餐，大年初一的中餐甚至超过

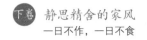
静思精舍的家风
一日不作,一日不食

三千人!

喜气洋洋,热闹滚滚,年假人多,难免声音嘈杂,证严法师开心欢迎大众参访,更期待知客引领能导之以礼。德劢师父一直在思考,如何导之以礼呢?嘈杂,是因为大家兴高采烈合不拢嘴,那么,同样是动口,就让所有人一起念佛!

主意既定,两天内,他做好规划,并找了德惇师父,一起评估可行性。要让两三千人从文化走廊这唯一的动线,整队、行进、齐声念佛进斋堂,走入排定在八个区块中的两三百桌,依序落座。这前无先例的规划,难度显然很高,但德惇师父的支持,让德劢师父鼓足信心,准备排除万难,放手一试。

新春期间工作庞大,所有常住师父各司其职,已是忙到无法抽身,协助引导大众的事务,就由八十位慈诚师兄全力投入、全程配合,德劢师父对此无比感恩。

人潮爆多的大年初一中餐,是最大的考验,德劢师父本来设定二十分钟,大众才能集结完毕,然后以十分钟念佛入座。没想到十分钟就集合完成,当所有人全部就座,佛号声声缭绕,比预定打板开动的时间,提早了五分钟。这时,倾盆大雨,瓢泼而下,好险,幸好提早进入斋堂,否则大众全会淋湿。

大众遵礼而行、循序而进的效率,令德劢师父大为赞叹。

"当时我们跟大家分享上人曾提及的叙利亚战祸,相较于那样国家动乱、难民流离,大家真的很有福报,更要珍惜福报。所以当我们邀请大家,一起为叙利亚虔诚祈祷时,就很清楚地感觉到人心之善,因为从念佛的神情可以看得出来,所有人真的很用心在祝福。"

一念祝福,无量之爱,在这特别的年味中,证严法师走进斋堂,立刻发现到不同以往的清静庄严,随行的弟子告诉他:"这是导之以礼,念佛进斋堂。"证严法师欢喜无比,赞了大众一句:"有道气!"

这个成功的规划,德劢师父感恩所有人的用心用力,"上人会提起'导之以礼',必定是各方因缘已经具足,我们只要去把握因缘,都可以成就。当我看到大众秩序井然、念佛进斋堂,那样的场面,我真的觉得好感动。"

"您就是菩萨!"

巴基斯坦一个NGO组织的负责人来访精舍时,德劢师父陪同参观大殿、主堂等处。

伊斯兰教的信仰,让这位负责人对传统佛教的佛菩萨充满好奇,德劢师父为他解说大殿中一佛二菩萨的精神,之后进到主堂时,他马上就问:"为什么只有佛陀,没有菩萨?"

"您就是菩萨啊!"德劢师父回答他,"没有您,我们要进去巴基斯坦援助灾民会很辛苦,因为有您协助,我们才得以顺

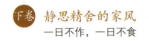
静思精舍的家风
一日不作,一日不食

利成行。"

闻声救苦的悲心,有爱有关怀就是菩萨。静思精舍是人间菩萨训练场,居于接待第一线的知客室,正是十方菩萨云来集的温馨港湾。

巡礼导览引领入门

第五章

- 三年赚到的福气
- 有说有唱,日常事智慧语
- 语中有禅意,话中带法语
- 用爱穿越
- 木鱼上的小沙弥
- 海地的『奇迹之树』
- 天堂鸟里的禅师
- 黑松的微笑
- 忙中有静,动中安忍

下卷 静思精舍的家风
一日不作,一日不食

"欢迎诸位大德……"麦克风里传出亲切的声音,德念师父正领着远道而来的访客,穿走在精舍谧静的氛围里。阳光穿透云层,映照着深深浅浅的绿意,老树间鸟鸣啁啾,仿佛与导览的话语一搭一唱。这团访客以婆婆妈妈居多,德念师父边走边契入话题,他问大家:"有没有听过婆媳不合啊?"众人纷纷点头。

"为什么不合呢?因为,一个比一个更大、更凶、更坏、更厉害。"熟极而流的畅快闽南语,让所有人的耳朵都竖了起来,德念师父接着道:"所以上人教导我们,婆婆媳妇要一个比一个小。"

如何一个比一个小?德念师父望望大家,"现场应该有当人婆婆的吧?要记得喔,婆婆就是要当媳妇的媳妇,把媳妇当作女儿疼。现场应该也有当媳妇的吧?要常常把'是,我了解,我会改'挂在嘴边,声调柔软,婆婆就会很欢喜。婆媳如果都能缩小自己,家庭一定幸福美满。"闽南语的亲切感,让精舍的修行气氛,透发一种家常生活的人间性。

话锋转到了夫妻相处之道,德念师父提醒:"夫妻之间也要互相缩小,上人说过:'一丈之内是丈夫,一丈之外就马马虎虎。'我可以再加一句:'一尺之内是太太,一尺之外也就青青菜菜!'"逗趣的闽南语,引得现场一片笑声。"但是,这个马马虎虎、青青菜菜可不是随便哦,而是你信任我,我信任你,如果夫妻之间只是小爱,就会有烦恼,有大爱才能轻安自在。"

贴近生活的真实面，人人心有戚戚焉。边看边说，曲径通幽，修行道场中的人文巡礼，让访客愈走愈感兴趣。

三年赚到的福气

德念师父分享了一则婆媳故事。有一位慈济师姊，刚娶了儿媳妇，内心很欢喜，想着今后再也不用煮三餐，可以安享当婆婆的清福了。

媳妇进门第二天，她起了个大早，一心等着媳妇煮好早餐。等啊等，咦，怎么没有动静？她继续等，还是不见人影。眼巴巴望着，都已日上三竿了，她看破了，想起证严法师那句话"婆婆就是要当媳妇的媳妇"，于是卷起袖子，洗手作羹汤，煮好饭菜，才软着声调喊："媳妇啊，起来吃饭啦！"

日复一日，年复一年，一连煮了三年，媳妇每天都在如女儿般的疼爱中醒来，吃早餐，过日子。有天，她跟媳妇提醒了一句："我听人家说，应该是媳妇要煮饭给婆婆吃，不是婆婆煮给媳妇吃耶。"

媳妇恍然大悟，满怀愧歉："是我想得不够周到，好，我知道了。"

第二天清晨，媳妇早早就起床，煮好了早餐，然后就像婆婆一向的柔声唤着："妈，起来吃饭哦！"当下婆婆的幸福感无法言喻，心里想着："当媳妇的媳妇三年，终于成了婆婆，这三年，让我赚到福气，赚到一个圆满的家庭。"

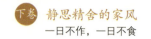

下卷 静思精舍的家风
一日不作，一日不食

有说有唱，日常事智慧语

故事人人爱听，尤其是真人实事，更是发人深省。每一位导览师父们带领精舍巡礼，故事都是满满一箩筐，因为每天要面对来自四面八方的参访团体。诸如：慈济志工的寻根溯源、精进研习，或是志业体同仁的心灵充电、法粮汲饮，还有社会大众的随缘参访、游观体验，一批批云来集菩萨络绎不绝，不论大人、小孩、阿公阿嬷（爷爷奶奶）、实业家、知识分子、专业人士……导览师父们都能因应不同背景，契入主题，或深入，或浅出，把故事说得很活泼，把理念讲得重点鲜明，如行云流水，流进访客内心。

遇到年轻团体，比如大学生或初入社会的青年，德念师父会把互动的主调放在孝道。他问这些大孩子："一天几个小时？"

"二十四小时！"大家答得轻快。

"二十四小时都让父母微笑，你就是二十四孝。人家说，'在家敬父母，何必远烧香'，所以啊，'千拜万拜，不如向爸爸妈妈说一句爱'。"年轻人们一听，很有道理，微笑中轻轻点头。

德念师父还以数字作整理："我们为人子女，孝顺必须要'三心二意'。三心是耐心、诚心、让父母安心；二意是善意，让父母天天感到满意。"

如果是小朋友来了，德念师父的童言童语，也可以把孩子们带得笑逐颜开。假使这群小萝卜头中有人不爱吃饭，他会用数来宝的节奏念上一段："一年丁班，考试零分，三天不吃饭，四天不开伙，变成一个老太婆。"

念完了问孩子："老太婆漂不漂亮？"

"不漂亮！"一双双圆滚滚的眼睛望着他，摇摇头。

"那要不要吃饭？"

"要！"银铃般的声音亮晶晶洒满一地。

于是他再教孩子们一首歌，轻声唱了起来："我有一个好爸爸，也有一个好妈妈，他们养我育我恩情真伟大，我爱我的好爸爸，也爱我的好妈妈，我要用功读书永远敬爱他。"

孩子们也唱了，把精舍的绿色小径，唱得蝴蝶起舞、花儿更清香。

语中有禅意，话中带法语

作为出家修行人，欢喜接待访客，为众亲切解说，是所有导览师父们入世度众的每日生活。如果参访团体时间充裕，比如寻根溯源的慈济人回来精进，或是知识分子有心多认识精舍，导览师父们会深入分享证严法师的法语，让来访者的宝山一行，光亮满胸襟。

队伍来到大殿话说从头，这是慈济发祥的活水源头，德念师父领着众人，先在门前向佛菩萨行三问讯礼。

下卷 静思精舍的家风
一日不作，一日不食

"无量义经绣画"导览解说

进到大殿，礼佛三拜，释迦牟尼佛、观世音菩萨、地藏王菩萨，净白光洁，德念师父告诉大家一个观念："拜佛，不是拜佛菩萨的相，而是拜佛菩萨的精神。"

再跨出门，仰望大殿屋脊是一个"人"字型，象征以人为本的人文精神，人品典范，文史流芳。

"屋脊上还有三颗宝珠，"德念师父指引众人往上看，"那代表'佛、法、僧'三宝具足。还有，屋檐下的四根立柱，也藏着深刻的意思，那是上人教导慈济人对内要诚正信实，对外要慈悲喜舍。"

顺着这个意涵，德念师父深化话题谈"三度"，多发心生命才会有"法度"，缩小自己人格才会有"厚度"，诚正信实内在才会有"深度";有法度、厚度、深度,人生才不会虚度。

走出大殿,前庭中由细叶雪茄花栽成的造景,标志着慈济的根本精神。德念师父请大家近看那一朵莲花,莲蓬中有一艘法船,法船的意涵是"度",期许慈济人度家人、度亲友、度众生,更重要的是,度人之前先以"八正道"来度自己的心。

"八正道是正见、正思维、正语、正业、正命、正精进、正念、正定。请问大家,这样听得懂吗?"德念师父看着众人。

"不懂。"有人微微蹙眉,有人轻轻摇头。

"那我把它翻译过来,仔细听哦!看得正,想得正,说得正,行得正,生活过得正,努力做得正,目标朝得正,把心放得正!这样,听懂了吗?"

大家笑开:"懂了,懂了。"

用爱穿越

德念师父再加上一个故事,让大家懂得更真实。

有一位慈济人走在路上,突然有人向她招手:"麻烦,请等一下!"

慈济人停下来,"有什么事吗?"

"我要捐款!"那人答得直接。

"我们好像不认识,你想通过我捐款?"慈济人问他。

那人指指她身上那件"八正道"服:"认这件衣服,慈济人不会有差错,一定会把捐款用在最需要的地方。"

> **下卷 静思精舍的家风**
> 一日不作，一日不食

一个人守住八正道，会让人充满信任感，德念师父话锋一转："所以，生活中的种种言行，千万不要以善小而不为、以恶小而为之。想想看，人的嘴唇才两片，上唇代表天，下唇代表地，讲话不必费力气，但会惊天又动地。"活泼的语句，永恒的道理，乘着数来宝般的节奏，明朗畅快。

"小善怎么做？非常简单。一句好话，一个微笑，一个赞叹，一个动作，就能让人生起欢喜心。"德念师父分享他看到的一则故事，"人间有一个大秘密，就是永恒的爱，要用爱来穿越人世间最昂贵的时光。爱必须付诸行动，才会生生不息、久久不散。只怕你没力量，不怕你关心的范围广大；只怕你没办法，不怕你的爱心不遍于天下。"

好道理口口相传、心心互应，才能让力量真正结合起来。"慈济人有'十个力量'，"德念师父要大家仔细听，"有愿力，有努力，有耐力，有活力，有心力，有魄力，有魅力，有免疫力，就不会有压力，才会向前更卖力，让台湾更美丽、世界更亮丽。"众人又笑了，有力地频频点头。

木鱼上的小沙弥

精舍有如一本书，导览师父们就是一位位快乐的导读人，指引来访者读建筑，读空间，读一片草原上的清风鸟语，读一塘莲池中的净洁香气，读一棵老树的历史，读一位小沙弥的光阴故事。

常住师父为云嘉南区志工导览

雕造得非常纯真可爱的石刻小沙弥,在静思草原旁的大树下,倚着木鱼,沉沉睡着了,连身上爬着两只小老鼠都浑然不知。

一黑一白的小老鼠,代表日夜不停啃噬着我们的生命,证严法师曾开示:"睡觉是小死;死亡即长眠。"如果终日无所事事,没有发挥人生良能,就是浪费宝贵生命,这样的昏沉、懈怠与放逸,与长眠又有什么不同?

人生只有使用权,没有所有权,人们有钱可以买一个时钟转来转去,但是无法买到人生的一秒钟,证严法师提醒,人的

一日不作，一日不食

懈怠，是从原谅自己的第一分钟开始。所以，要学习木鱼的精神，木鱼的眼睛永远张开，昼夜常醒，精进不息，把握分秒利益众生。

海地的"奇迹之树"

曲径旁的那棵辣木，就蕴藏着慈济人利益众生的故事。二○一○年一月海地发生强震，慈济人前往赈灾，急难救助期过后，进入中长期的援助。身为"海地志工关怀小组"的周白不断思考，海地人民长年面临贫穷、营养不良和森林消失的危机，是不是有什么方法能彻底改善？

周白在网上到处寻找资料，发现了大有潜力的辣木，心想这或许可以成为海地的奇迹！

辣木的叶子、果实、花、种子，甚至树根均可食用。叶子蕴含丰富的蛋白质、维生素、矿物质以及人体所需的氨基酸；种子含有百分之三十八至四十的高级食用油；榨过油的种子还可用来净水；叶子和树枝绞碎后可制成农作物的生长剂。这样多功能、高营养的植物非常少见，因此科学家称之为"奇迹之树"。

周白认为，如果慈济带动海地志工种植辣木、制作辣木保健品，相信可以扶助海地人自立。于是专程自美国返回花莲，向证严法师进行一场辣木简报，并在精舍用辣木做了五道菜，请证严法师食用。

证严法师随后表示，辣木是"天地养人"的例证，这么好的东西，要设法去推广。一如《无量义经》所述"布善种子，遍功德田"，推广辣木种植，正是慈济志工体现经典的一种方便法门。

天堂鸟里的禅师

来到九芎树下，德念师父笑说这树也称为"无皮树"，又叫"猴不爬"，因为很滑。虽然已经无皮，但每年还会脱掉一层皮，它木质坚硬，早年的木炭都是九芎树所烧成。

坚毅而富于生活实用性的九芎，让德念师父心有所感。他以树比喻世间人事："上人一直教导慈济人合心、和气、互爱、协力，合心有如树根，扎得很牢；和气像是树干，立得很稳；互爱就是枝桠，伸得很远；协力便是树叶，长得很茂密。合心，天下无难事；和气，无事不成功；互爱，没有克服不了的困难；协力，则废铁可成金。慈济是一个大家庭，各色各样的人进来了，人事就是一根大铁锤，叮叮当当，久炼就成钢。"

妙语如珠，有押韵，有对仗，国语、闽南语在德念师父口中，穿插得既活泼又发人深想。

还有一棵五叶松，气质清雅，德念师父说那是人间五美："天上最美是星星，人间最美是温情，环境最美是绿化，脸孔最美是微笑，人心最美是感恩。感恩是人与人之间最美的对待，付出只是事相，感恩才是真理。"

下卷 静思精舍的家风
一日不作，一日不食

精舍内的面包树与水牛石雕

每当天堂鸟开出稀有的白花时，德念师父带领的访客，就会听到这个故事。有一位武士向白隐禅师请法："我经常在书上看到所谓天堂与地狱，那到底在哪里，禅师是不是可以带我去看看？"

白隐禅师一听，非常生气，出口就大骂武士。武士开始还能接受，但是禅师训骂不止，让他忍无可忍，一怒之下，抽出随身的刀，作势就要砍杀过去。

禅师拔腿就跑，武士急步猛追，追得气喘吁吁、面红耳赤。这时，禅师意味深长地看了他一眼："武士，这就是地狱啊！"

武士刹那有悟，羞愧极了，立即跪下诚恳忏悔，请求禅师原谅自己的鲁莽。禅师一脸祥和说着："对啦，这样的心就是天堂！"

故事在这里收尾，德念师父再带一句："我们一天到晚，到底跑了几趟天堂、几趟地狱呢？就由大家自己去参了。"

黑松的微笑

邻近菜园的四棵黑松，长得不大但树相挺拔，有着无人能敌的历史背景，那是一九六九年精舍落成时就种下的，本来在大殿前面，后来移植到这里。一面望着这辈份极高的四棵松，德念师父一面说着："学佛要学四威仪，站像一棵松，坐像一口钟，卧像一张弓，走路像春风。微笑挂脸上，时时好心肠，养成好习惯，生活好轻松。"

轻松走在菜园边，夹道而立的两排肉桂树蓊郁如林，精舍自制的"肉桂纯露"，就是萃取自这片鲜翠欲滴的绿林。德念师父谈起纯露："我曾听德寒师父形容，'不经一番等待苦，焉得纯露齿留香'，这让我想到，植物萃取是纯露，佛法润泽世间是甘露，那么人呢？人如果要成为甘露一般利益他人，就必

一日不作,一日不食

须不断自我淬炼、锻炼、磨练、训练,接受种种考验,才能当教练,这就是人生的历练。"

德念师父的风趣,总能把一种生活智慧,安立在朗朗上口的自由联句里,像是一种端庄的顺口溜,每每能让访客精神一振,笑声连连。

忙中有静,动中安忍

出口有章句,一景一物在说法,法不在深,受用即妙法。幽默解说,妙语如珠,不只德念师父,精舍里的每一位导览师父,都有如此的说法功力。许许多多的法宝,透过他们的言语身行,引领来访者体会环境所给予的根本精神。一花,一树,乃至蜡烛间、陶艺坊、粉间、菜园的巡礼,更能深刻感知"一日不作,一日不食"的精舍精神。

精舍名为"静思",强调的是内心安静的思维,而在实践上,这一座动的道场,有着丰沛的行动力。证严法师带领精舍常住"以出世之心,做入世工作",其中,接引川流不息的参访人潮,就是精舍"忙中有静,动中安忍"的生活图像之一。

第六章 大寮中的「动静哲学」

- 在锅铲间修行
- 从一弯明月,到明月一弯
- 自定功课调息调心
- 大寮里的「佛八」
- 挑菜的老菩萨
- 三德六味广结善缘

静思精舍的家风
一日不作，一日不食

凌晨三点，夜色犹浓，天地宁静中的一隅，灯光亮起了。这里，是大寮。

精舍打板晨起的时刻未到，这群比板声起得更早的大寮师父们，已经开始了一天的作务。

天光渐明，人声轻轻，烟气腾腾，传统烧柴大灶两口大鼎，二尺一直径，一次下锅足有三百人份菜量。锅热时，菜唰一声落下，掌厨的典座师父（寺庙中负责大众斋粥职务的僧侣），抄起长柄铲子，翻炒拌搅，马步沉稳，身手利落，看不出半点吃力。

精舍住众多，一顿饭五六十桌，水煮、汆烫，或炒或焖或卤，就在这灶头锅铲间，备办完成，这是功夫。

在锅铲间修行

精舍师父们都需轮值大寮典座，对于大灶的生火、控火，与炒菜速度、柴火厚薄的关系，都能累积出纯熟的经验。

比如添柴，一般瓦斯炉火用开关调整大小，但大灶靠灶门的开关来控制，柴块的粗细、质地、添放的位置、角度，都会影响灶中的火势。控火要学会判断柴质，大火小火需求不同。烈火大炒时，要质轻色淡易燃的柴；慢火熬炖时，就靠粗重色深的实木，可以烧得久。还有，并不是柴添得多火就大，摆放的角度对了，只消两根柴就可以把火烧得很旺。

再如控火，要观察大锅上的热度，从它冒出来的烟可以判

柴房一隅

断温度高低；如果锅子已经很热，灶里即使没柴也无需再加，光靠锅中的热度就可以再烫熟很多菜。

又如判断菜的熟度，眼睛去看烟的大小，手透过锅铲感知菜的软硬，耳朵听见水气从盖子缝隙跑出时细细的声音，味觉尝试咸淡得宜，鼻子闻出汤水煮滚的味道，菜或生或熟各有不同气息，当菜香从锅中窜出，就知道可以起锅了。

"炒菜的人必须兼顾柴火，在那当下，就是一种全神贯注的投入。其实，灶火的热气加上急速的节奏，是很容易让情绪'上火'的，"已经轮值典座多次的德江师父笑着说，"要在灶头锅铲间，应对食物与团队配合上的各种环节，而能心平气和、从容不迫，就是一种修行。"

下卷 静思精舍的家风
一日不作，一日不食

静思精舍清修士叶秉伦曾为了分担大寮的香积工作，发心为早斋的烹煮"守灶口"。他记得初学"生火"时，还没掌握到诀窍，火苗要燃不燃，菜就等着下锅，眼看时间一分一秒过去，常紧张得"大粒汗小粒汗一直流"。

"生火时需要常常'鼓励'时而微弱、时而摇摆的火苗。"叶秉伦对于守灶口渐渐娴熟，他分享道："火生起来后，最需要技巧的是控火。大火小火与菜下锅起锅的节奏，要相合一气。菜一下锅，自己得知道几分钟后需要大火，柴就先添进去，才能让炒菜过程不再开灶门，持续火势温度，确保菜色漂

▌ 用心控火，是大寮中的修行

亮好吃。"

全身的感官，每一个细胞，全神贯注，眼耳鼻舌身意六根都用上，守灶口，正是一种生活禅。跟着大寮师父们学习，叶秉伦体会很深，他说："生火就像修行一样，木中有火，不钻不出；沙中有金，不淘不得；心中有道，不觉不悟。"

从一弯明月，到明月一弯

精舍的菜单通常是"四菜一汤"，德江师父谈及菜色搭配，一是青菜类，多为精舍菜园采摘而来的鲜蔬；二是豆料，豆腐、豆包、面肠等，是蛋白质的来源；三是入味较深的卤物，比如卤冬瓜、菜心、苦瓜、海带等；四是配色菜，比如西洋芹搭配红萝卜、白果、素料、香菇等，以五种颜色包罗食物的多元营养。

一弯明月犹挂天边时，五位师父组成的香积团队，就启动作务了。凌晨三点，大灶生火第一件事，就是煮粥，准备四点二十分早课时供佛之用。

一位师父煮粥的同时，其他师父们就开始从冷藏库中拉出一篮篮青菜，有人负责挑拣，有人负责洗、切。五点过后，所有菜色全部煮好、起锅，一一装盘，师父们协力出菜，整整齐齐摆上五六十张圆桌，六点准时打板用斋。

早斋过后，午餐的准备很快就接上了。德江师父说起一天中的香积时程："延续晨间灶中的余火，可以先氽烫一些不致熟烂的红萝卜，或是炖卤需时较久的菜色。忙过中餐，大概都过了一点，稍作休息，两点半左右，开始准备晚餐，直到晚间八点，一天的大寮作务，才算全部完成。"

从凌晨的一弯明月，到夜幕的明月一弯，德江师父认为，大寮是一个时时刻刻学习为众设想的地方。"煮出一道道干净、健康、调味适宜的食物给大众吃，这是第一重点。菜量的控制更是一大学问，过多过少都要避免。特别是要能掌握大众口味，熟知多数人对食材的喜好。比如，猪母乳（马齿苋）通常不用煮太多，因为它味带微酸，香芹菜别具风味，接受的人很喜欢，无法接受的人也不少。而普受欢迎的豆包、豆腐、咖喱、糖醋，分量可以多些，让大家吃得欢欢喜喜。"

自定功课调息调心

晚餐的准备在五点半后出菜完成，灶上的一应锅碗瓢盆也都收拾干净，典座团队的师父们终于可以休息、沐浴，等到七点大众餐毕，把剩菜整理冰存。

就在五点半到七点之间的空当里，是德江师父的静心时刻。"每一位师父都有自己的修行方式。我会在六点时上殿拜佛，这是我自定的功课。在拜佛中调息，一则可以调节身体一天的疲累，更重要的是，调整自己的心境，省思自己这一天对人对事，是不是有所疏失。如果有，虔心忏悔，告诉自己日后要更用心于一言一行。"

大寮作务虽然在晚间八点结束，身体是歇止下来了，心思有时还停不了，难免会想着明天、后天的菜单如何，担心还有什么东西没有备好，思虑各个环节的串连是不是妥切……德江师父说："香积典座是团队的共事，必须密切合作，才能运作顺畅。每一次轮值大寮，团队成员都不同，所以每一次都有不同的学习。上人说，出家不是来过日子，而是来修行，修行就是要去面对人与事，能感恩，能包容。精舍生活，在行住坐卧中调节自己的心，'柔软心'很重要，心若柔软，菜就出色，因此要常养柔软的心来处理人事物。"

大寮里的"佛八"

大寮的一天，关系着精舍的饮食脉动；大寮的一年，也在各种活动及节庆中，串连着不同的气氛。德江师父细细数来——周年庆时做寿桃，端午节时包粽子，中秋节时做春卷，腊八之日煮腊八粥，农历春节更有各种手工菜，以及火锅、元宝（水饺）、五味拼盘、萝卜糕、发糕、年糕……喜气的菜色，色香味俱全。

"发糕每年都是常住自己做的，做上两三万个。"德江师父说起那种热气蒸腾中的盛况："每天凌晨三四点开始磨米，做到下午三四点，连做八天，我们称为'打佛八'，那是精舍的盛事。"

蒸发糕可是有秘诀的，屏气凝神地把米浆倒入杯模中，多

下卷 静思精舍的家风
一日不作，一日不食

一点、少一点都不及格，蒸出的发糕才有美丽的外形。等到热腾腾的发糕陆续出笼，掀开盖子的刹那，一个个绽开的发糕，在蒸汽中露脸，大家总是禁不住大赞一声，好漂亮喔！

证严法师总是会在春节期间，来到热闹滚滚的大寮，感谢来自各地的大厨带回来的香积团队，因为他们减轻了常住师父们的辛劳。

挑菜的老菩萨

相对于灶头大鼎间热烘烘的"动中禅"，挑菜区里的静中修练，是另一番大寮风光。总是一群老菩萨围坐着，总是双手飞快分秒不空过。一人一把矮椅子，膝前一篮菜，挑取嫩叶，丢弃老叶，菜叶上的小生命要轻轻放生。挑菜真是细心耐力、急不得的工作。

这群老菩萨，都七八十岁了，儿女们各有成就，家庭的义务已尽完，于是放下牵挂，在精舍安身立命，一二十年来，修行生活简朴自得。

挑菜拣菜看似寻常，但不同种类有不同方法。有的要一叶一叶拔下，有的必须撕去叶梗的粗纤维，有的只要拧掉蒂头叶片就很好处理。不管是拔、是撕、是拧、是刨，老菩萨们都熟极而流。

日常作务，恒定功夫，一天一天周而复始。遇到精舍里办活动、发放日、逢年过节，用餐桌数破百，香积的人手需求更

挑菜的修练，是老菩萨的"动中禅"

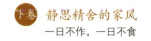
下卷 静思精舍的家风
一日不作,一日不食

多,当然,挑菜区的阵容就扩大了。

二〇一二年十一月发放日前一天,精舍后方佳民村的阿嬷们,相继走进大寮,穿起围裙、戴着口罩,一起与百多位香积志工为照顾户付出。这群阿嬷原是慈济志工为佳民村开办银发族课程的社区长者,从中认识慈济,这一天特别受邀来当志工,一起体验付出的欢喜。

欢喜中如果抬头一望,山峦就在眼前。花莲的山,温柔敦厚,淡淡云雾缭绕着层层翠碧,万里蓝天覆盖在山顶,山脚下就是这一方挑菜区。

山下的挑菜区就像一潭水,潭心宁静,静中有动能,在不同因缘下来到这里的人们,像小水滴般从四方汇入,一番波光潋滟的涵泳后,又水声潺潺欢欢喜喜的流出。潭心依旧宁静,依旧是蓝天映山青。

三德六味广结善缘

一餐饭、一道菜,是人与人之间的关怀,大寮作务本就蕴含多重的互动关系。

以清洗而言,新鲜蔬菜从精舍菜园摘回来后,必须经过五桶清水、五道关卡的严格清洗;餐后的碗盘,要经过三轮的洗净。如何让少则数百人、多则上千人的碗盘,在水中涤荡、抹净,这每一关、每一轮,都要彼此协调、互相成就,整体步调才能顺畅圆满。

还有厨具的清洁、刷具的应用、勺子如何清理、怎么放置、厨余回收、抹布烘干……，这些繁杂辛苦的事，今天做完了，明天还有，日复一日，然而师父们总是把操持精舍的日常运作视为本分事，"挑柴运水无不是禅"，做事当下即修行，大寮就是道场。

丛林中将负责大众斋粥的职务称为"典座"，自古许多祖师都从中淬砺身心、培福修慧，视之为佛道重要的修行。典座者，以"三德六味"调理食物、供养大众。"清净、柔软、如法"的三德，"淡、咸、辛、酸、甘、苦"的六味，化为热腾腾的素食。在静思精舍，每一餐都排开五六十桌，桌上的旋转盘中，四道菜、一锅汤、盛饭木桶、一小壶白开水，清香鲜美，每一餐都与千百人结上色香味俱全的好缘。

点燃心中烛光

第七章

- 烛光的源头
- 不冒青烟不掉泪

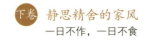

四十多年来，蜡烛间里不断进行着这样的生产。

一块坚硬白蜡，在大榔头的敲击下，应声裂成小块。一块块裂解，有如人的"习性"受到棒喝，接受智慧之力的击打，生命的形态开始有了新的转化。

锅里的硬蜡随着温度升高，开始从固体化成蜡油。融流之质，柔软的心性能调能伏，亮丽的颜料倒进来了，红、蓝、黄、绿、紫种种色彩，用以祝福人们一切光明、吉祥、智慧、好事不断、生生不息。

上色的蜡油淋入模型台上，填实每一个塑造蜡烛的孔洞。冷却后，一压按钮，蜡烛粒粒浮升，如涌地而出的莲。当从模型台上脱胎，蜡烛内在尚软，香制的烛芯自中央穿透，不偏不倚地探出头来，一支蜡烛就诞生了。

插烛芯，是"禅定"功夫的修习，必须专心凝神，力道精准。蜡烛间的师父们经常对前来体验的慈济人及参观民众说："心要正，才会得人疼！"

证严法师忆及早年在繁忙事务中，最能让自己静下心来的工作，就是插烛芯。"只要感觉心不定，就到精舍后面跟常住一起工作；因此我常说，'换一个工作就是休息。'"

烛光的源头

蜡烛间目前这套大量生产的半自动化机器，是数十年来经历无数次的调整机台、改进设备，才具足了如今的规模。

回顾早年，自制蜡烛的缘起，可以溯源至一九六二年证严法师借住普明寺时期。那时人们前来普明寺拜地藏菩萨，供上的蜡烛，经常燃了一半就弃置在供桌上，加上滴落的烛泪不断累积，证严法师觉得非常可惜。

"上人是很惜福的人，就想回收融化再用。"对于早年艰辛经历很深的德慈师父，谈起当时最原始的做法："刚开始用茶壶把蜡烛煮溶，蜡油倒入杯子后，剪棉线作烛芯，结果，硬了之后却拿不出来。后来想到用纸板弯成纸圈，接口以线缝合，蜡油倒入，冷却脱模之后，表面显得凹凸不平，用来供佛不够庄严。有一次，从商店里买回一种小巧的铜杯，蜡油倒入杯里，就直接点烛，用起来挺好，但是杯量太小，一堂早课未完，烛火已经燃尽，这也行不通。我们又想到一个办法，去山里锯竹筒，筒底钻洞绑上棉线，蜡烛成型后剖开竹筒，发现也是粗粗糙糙不够光滑，有时还有气泡。就这样一路走来，试了又试，费了好多心思。"

不冒青烟不掉泪

直到一九八一年间，证严法师的智慧巧思，以养乐多空罐当模具，以香为烛芯，凝固后剥除罐模，包上透明纸外衣，就完成一支蜡烛。一九八二年开始大量生产，成为精舍的经济来源之一。

大量生产需要大量的养乐多空罐，当时全省的慈济委员、

下卷 静思精舍的家风
一日不作,一日不食

会员也都帮着回收,并且洗净、切好瓶身,打包寄回精舍,德慈师父笑叹:"邮资都比这些罐子还贵,真的很感恩大家的发心。"

用棉线作芯,向来是蜡烛的既定概念,但是棉芯容易歪倒,且因火团大,蜡油不断滴垂,无法蜡尽其用。"后来上人想到用香作芯,挺而不倒,火光稳定,而且不会冒黑烟,蜡油可以燃到点滴不剩,毫不浪费。因为烛身不再垂满烛泪,所以叫作'不掉泪的蜡烛'。"德慈师父说。

当时慈济初做慈善,有人问证严法师:"你连两块半的车钱都没有,如何做救济工作?"经济上的困难,加上生活中的挫折,证严法师时常忧虑。有一次心脏病发作,躺在床上,心里很难过,于是从床上起身,走到佛堂,供桌上的蜡烛,燃烧自己照亮别人,给了他很大的体悟。

"生命如蜡烛啊!假如一支蜡烛只是放在黑暗中,周围还是同样黑暗;要是把它点燃了,就能照亮世界,造福人群。"后来证严法师经常教示大众:"学佛的目的是明心见性,'明

"静思烛"的制作过程

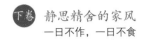静思精舍的家风
一日不作,一日不食

心'就是我们的心地能够光明磊落,本性光辉自然能显现出来。就像点燃心里面这支蜡烛的光一样,不只可以照耀自己、了解自己,还能够照耀别人、了解别人。"

一个人来到世上,在无明的世界里历经人间的复杂、矛盾,如何从黑暗中寻找光明,证严法师认为,唯有从每个人的内心去找,"站在一间摆设很多宝物的室内,没有光亮就无法看见宝藏。只有把烛光点燃,才能看到室内风光。"

窑火淬炼的禅意

第八章

- 三千个感恩
- 历史典故,雕刻生命图像
- 泥土与火焰,淬炼福慧之灯
- 在陶艺里讲古

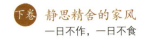

辘轳的转盘不断旋动,水亮亮的胚土,包握在德慈师父的双掌间,只见拇指一下压,土体即从顶端凹出中空。旋动中拉高,旋动中拉宽,在均匀的旋动中,一个杯子,从土里长出来了。

全神贯注于手拉胚的德慈师父,目不转睛看着杯子现形的慈诚师兄,直到辘轳停止,才同时如梦初醒。

"德慈师父,看你在拉这个杯子,我觉得这杯子里有你的灵魂。"慈诚师兄有感而发。

"是啊,手拉胚一定要聚精会神,心沉静,手才稳,"德慈师父回答他,"拉胚也是修行,中心点要抓得正,双手要拉得稳,不能随着境转而左右晃动,均匀的掌握厚薄,杯形才会漂亮。"

三千个感恩

德慈师父"拜师学艺"做陶,缘起于一九八七年。当时陶艺大师吴毓棠教授,送给证严法师一对陶杯,对美感极具鉴赏力的证严法师,看了十分欢喜,便邀请吴毓棠教导常住学习陶艺。一向对绘画颇有天赋的德慈师父,便成了吴毓棠的学生。

练土、塑形、素烧、上釉、釉烧,德慈师父从完全陌生,一步一步学起。以"天目釉"驰名的吴毓棠,又邀请了擅长手拉胚的王老师加入,学陶、烧陶从此成了精舍的生活一景。

"因为当时的经济状况还不算很稳定,陶艺生产就成了我们维持生活的来源之一。"德慈师父说,"每一分收入,都靠着劳力赚取,我们在工作、助人中修行。上人告诉我们,福从做

师父制陶的专注神情

中得欢喜，慧从善解得自在。生命的价值，就在发挥良能。"

德慈师父在陶艺中发挥了他的艺术天赋，他回忆最开始的第一个作品："那是一个很大的花瓶，瓶身是老师手拉胚而成，由我雕刻图案，刻的是上人访贫的情景。这第一件作品，我留到现在，作个纪念。"

随着技巧逐渐纯熟，陶杯、陶碗、陶壶、陶偶，或大或小的花瓶，手捏的水盘，观赏性的陶作……德慈师父的作品愈来愈多，除了作为维持生活的手工产品，也是证严法师馈赠嘉宾的礼品与纪念品。

德慈师父记忆最深的纪念品制作，是一九八七年慈济医院一周年庆，"上人说要制作纪念品，我找到一件非常庄严的观

第八章｜窑火淬炼的禅意　117

下卷 静思精舍的家风
一日不作,一日不食

陶灯的制作,一雕一琢都别具深意

世音菩萨头像,打算以灌模方式生产。从上人同意这个提案,到周年庆当日,才短短二十八天,我们必须完成三千件。"

制陶工序十分繁复——灌浆、脱模、烘干、修整成品,裁制托衬木板,刨出平整板面,烤出漂亮木纹,钻洞,编系美丽的流苏。最后将观音头像镶贴在木板上,喷一道亮光漆,流苏荡漾着喜气,一件作品才完成。如此必须重复三千次。

当时是陶艺坊初创第一年,主要人手只有德慈师父与吴毓棠两人,时间极赶,但步骤极多,从早到晚,进度紧绷。德慈师父说:"现在回头看,那二十八天是一段很美的日子,但是当下实在非常紧张。终于及时完成,让上人能以这个纪念品,感恩所有为慈济医院付出的人们。"

历史典故，雕刻生命图像

总是谦称作品未达专业水准的德慈师父，对每一件作品都十分用心。"出家人做的品质，一定要有信用。感恩慈济人及社会大众的捧场，我知道大家都很有心，用这个方式在护持精舍。我们的作品或许不是很美，但是在上面刻出历史典故，我觉得这是比较有意义的地方。"

德慈师父有一系列历史典故的陶灯，将证严法师的生命历程，以陶雕记录下一幅幅珍贵图像。比如他刻证严法师早年离家，来到东部落脚第一站的王母庙，在他的刀笔刻绘下，王母庙的檐、瓦、窗棂，历历重现。

王母庙所在的台东鹿野，当时是日本的移民村，遍植吉野樱，景色纯朴优美。证严法师与修道法师借住在王母庙里，睡的是铺草的竹床，棉被又破又旧。教导村人拜经，但自力更生不受供养，生活相当刻苦。证严法师曾经自述："我离开家庭那年，大约二十五岁，流浪寻找人生方向。虽然很茫然，但是冥冥之中总有因缘，朝着慈济的方向，从孤单一人走到今天。"

朝着慈济的方向，证严法师落脚处是花莲普明寺，德慈师父的陶灯上，小小庙宇透出历史微光。这间小庙因缘奇特，证严法师回忆在年少的梦境中："小小的庙，中间是大门，两边各有一个小门，妈妈躺在庙门边竹床上，我在床边角落煎

下卷　静思精舍的家风
一日不作，一日不食

亮的是陶灯，照的是内心

药……就是这个地方！"证严法师决定留在普明寺修行，而后才有慈济的缘起。

慈济功德会创立，精舍生活依然艰苦，德慈师父刻绘当时在农田中，抱着一捆甘蔗尾的证严法师。因为那片土地荒废很久，为了整地翻土而向原住民借来的一头老牛，硬是不听使唤，一般扬鞭抽打是驾驭牛只的绝招，但证严法师不忍，灵机一闪，他抱起一捆甘蔗尾逗引，老牛追着甘蔗尾跑，终于移步向前，德慈法师顺势推着犁耙在后面，千辛万苦总算耕耘出可以播种的农地。

泥土与火焰，淬炼福慧之灯

犁田，播种，插秧，割稻……生活种种，幅幅图像，德慈师父以陶艺的角度，刻绘他的记忆、他的观察。证严法师早年的流浪，静思精舍的筚路蓝缕，慈济志业的成长脉动，都在泥土与火焰的淬炼中，凝定着生命光与热的结晶。

来自层层泥土，穿越重重火焰，如今精舍主堂前的四只大型陶瓮，主题正是慈济四大志业。

德慈师父谈起这四大陶瓮："这是莺歌老师傅的功夫才拉

得出来的作品，因为瓮身太大，必须分成四段拉胚，然后再组接起来，非常珍贵，现在恐怕年轻一辈的师傅都没有这等功力了。陶瓮素胚成型之后，我拜托一位林居士用专车载回，林居士小心谨慎，每开一段路，就下来查看，深怕陶瓮因车行震动而有任何损伤。从台北到花莲，足足开了八个小时。"所幸最后一切完好，回到精舍，德慈师父才开始雕刻。

莺歌有位陶艺老师，常说德慈师父是"一刀走遍天下"，因为不论房屋、人物、树木，大小宽窄全赖唯一的那支雕刻刀，即使是非常细腻的线条，也能屏气凝神慢慢刻出来。"后来我拜托一位赖居士来发挥他的雕工，他所自制的雕刻刀具一应俱全。"德慈师父赞叹："刻教育志业时，学校的窗户有三层，赖居士也能在小小方寸中，如实表现出来，功夫好得不得了。"

主堂前悬挂于回廊的七盏陶灯，也是德慈师父的佳品。主堂设计者高铨德说："我在德慈师父那里找到这款灯，灯上刻画的精舍，连窗户都是镂空的，是难度很高的作品。陶灯烧制成功后，上人一看，非常喜欢，当时整个陶艺坊真是军心大振！"

在陶艺里讲古

德慈师父的口述历史"讲古"，亲切生动，人人爱听。其实他讲说从前、记录史事，还不只是"口述"的形式。一九六八年十一月五日出版的《慈济》杂志上，有德慈师父的插画；早年的历史照片，多是德慈师父所拍；现存最早的影音

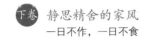
静思精舍的家风
一日不作，一日不食

画面，是一九七三年德慈师父用八厘米录影机，拍摄慈济第一次在台东海山寺的义诊，以及同年娜拉台风成灾，他记录了慈济史上第一次的大型赈灾。即使镜头晃动、模糊、无声，仍珍贵地保留了早期慈济人下乡济贫的身影。

"历史，如果没有记录下来，以前那些画面就没有了！"德慈师父常这么说。透过不同形式，陶艺也是他作为记录的一种。

二〇〇五年一月，德慈师父为响应"大爱进南亚，真情肤苦难"，捐出近年习画作品四十三幅义卖。慈济基金会副总执行长王端正在开展致词时，赞叹德慈师父是天生的艺术家："在精舍里创作，吸收日月精华，山海之气，草木之美，涵养出清净的心。"

清净之心，依旧盈溢在陶艺坊里，如今，德慈师父带领的陶瓷制作团队，已具规模，各色作品，清雅朴素，专职人员与慈济志工埋首创作，有人灌浆，有人修胚，有人彩绘。一个个小沙弥可爱引人，一尊尊宇宙大觉者庄严慈悲。

宇宙大觉者一手持钵，一手抚慰地球，曾经有研习学员在参观陶艺坊时，细心观察到每尊宇宙大觉者抚慰地球的手，角度稍有不同。这些微的差距，是因出自不同人的手工制作。虽然手的角度不完全相同，但抚慰地球的精神不变，一如德慈师父，数十年来身心奉献的方式不同，但秉持静思法脉的精神，始终如一。

用心做出好谷粉

第九章

- 手工的印记
- 幸福岁月,一炮而红
- 粉间进化史
- 用宁静的心,聆听机器
- 杏仁的挑战
- 轻轻的三个字

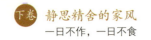

静思精舍的家风
一日不作，一日不食

"砰"的一声从粉间传出来，每日清晨六点半的第一声爆响，伴随一阵豆谷膨爆的香味，在静思精舍已经飘扬了三十年，成为修行生活中自力更生的一种日常气息。

手工的印记

豆元粉中听历史，证严法师的大弟子德慈师父细说从头，最能直探起始原由。

当年高雄一位营养学专家，因见证严法师体弱，建议常住师父们将多种豆类爆开，磨粉冲水给证严法师补充营养。"结果香味四溢，也确实营养丰富。我们心想，这个食品这么好，何不做出来让大家共享，同时也可以解决精舍的生活问题，所以就制成袋装出售，从一九八五年开始流通。"德慈师父娓娓道来。

工欲善其事，必先利其器，第一代的机器是向歇业的爆米花摊贩所买。机器已经旧了，因为封口不密造成内压不足，因此重新溶锡封口。但锡遇高温软溶，只要有一些湿气或水珠就会使锡气爆溅出来，喷在皮肤上，一层锡膜紧紧贴附，又灼又痛。结痂后扒下来，疤痕清晰可见。这些留在常住师父们身上的印记，记录了早年克难又带危险性的手工实景。

手工制作，处处用心，早期精舍的"豆元粉"，含有十种谷物。从豆谷的挑拣、彻底清洗、沥干、晾晒，一点也不马虎。晴天时，豆谷晒在前庭，从清晨到黄昏，接收阳光的自然能量。每当山雨欲来，常住师父们跑在雨前，手脚利落搬抬进屋，护惜豆谷不受一丝雨潮。晾晒完全之后，倒入机器干爆，膨发成熟料，一颗一颗如花般绽放。经过磨粉、装袋、运销，精舍的产品连结了市井人家的营养需要。

密闭的爆粉间里，总是细粉飘飘、机器声响隆隆，即使炎炎酷热的夏季，也不能使用电扇消暑。一般人难以忍受的境况，但常住师父们不畏艰苦，一肩承担。

用心制作豆粉，从以前到现在都不改初衷

幸福岁月，一炮而红

这样的粗重活，本是男众才能胜任，当年证严法师有意请人专任膨爆工作，但那时初进精舍的德安师父，主动承担了下

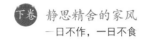

静思精舍的家风
一口不作,一日不食

来。因为他眼见精舍正为第三期工程而筹款不足,不忍常住在沉重的经济压力下,还要每月支薪请人,德安师父说:"我从小劳动惯了,七岁就开始卖面、卖汤圆,是路边的董事长,要操作机器爆豆粉,我可以。"

回顾陈年往事,德安师父形容自己的爆粉岁月:"很幸福,有一次更是'一炮而红'!"因为机器的橡皮坏了,德安师父人在忙中尚未察觉,但离粉间五十公尺外的证严法师,已经闻到不对劲的味道。"上人的心很宁静敏睿,他要德恩师父过来关心,我才说没事,一转身,不得了,火已经冒了两尺高!我赶快用布袋沾水,立即把火扑灭。"

火是灭了,但危机还没解除。因为刚才一阵奔忙灭火,机器上设定膨爆的时间,已经过了七分钟,温度持续在升高。这一刻,要爆,那股气焰暴冲势必危及自身安全;不爆,机器会整个炸开,严重可能导致火灾。德安师父就在分秒间抉择:"我下定决心爆下去!生死天注定,万一怎么了,常住会为我助念,很不错啊!"

一爆惊天,刹那间,屋顶变成火炭,一片焦黑,德安师父在强猛的冲力中,手脚淤青肿胀,胸口受到撞击,讲话也痛,呼吸也痛。

他没有声张自己的伤势,"这是我自己'讨'来的工作,我不能让上人、让常住担心。刚好一位老菩萨有帖药膏,我贴了,就渐渐痊愈了。"

惊爆第二天，机器修好，德安师父继续爆粉，依旧是从早上六点半爆到中午十二点，下午一点半爆到晚上九点，然后整理、盥洗，十点就寝。日升月落，规律的生活，作务中安乐，德安师父常说："我们的身体有二十甲，手指有十甲，脚趾也有十甲，只要努力做，简单吃，就是富有。"

师父于粉间替豆粉称重、包装

因为产品订单很多，一周的产量，往往慈济列车一来，就全部售光。"很感恩会众与访客的护持，我们每天赶工，把工厂当道场，心是寺庙，口说好话是念经，日夜付出是行经，上人说：'念经千遍，不如做一遍'。"

多年来德安师父从不午睡，爆粉、磨粉，加上温度高，全身汗，衣衫湿黏，根本很难睡下。谷粉加微糖调拌时，空气变得甜滋滋的，整天置身其间，不吃饭都不觉得饿。德安师父有一个乐在工作的生活哲学："不工作的人是'四等国民'，等吃、等睡、等玩、等死。"

乐于爆粉,乐于种菜,乐于煮饭,德安师父笑称:"我喜欢粗重工作,不做身体好像怪怪的。想起爆粉那三年,我是爆到欲罢不能,好感恩。后来这第二代的机器要更新,进了新机器后,就陆续有很多常住师父接手了。"

粉间进化史

二〇〇二年,粉间搬移到新空间,机器升级与制程的屡加调整,至今自动化程度已达七成。"回想起来,德慈师父、德安师父他们那第一二代的粉间是最辛苦的,又热,又纯人工。"现今最娴熟粉间机器的德偌师父有感而发:"我们第一次在新粉间工作时,上人给我两句话,第一,要把同仁们的安全照顾好;第二,不要让大家在体力上太劳累。这两件事,我一直放在心上。"

每天早上六点半,才用过早餐,德偌师父就来到粉间开机,机器启动顺了,一天的生产作业立即开始。

维修、保养、调整、设计,德偌师父对于机器的擅长,并非出自科班。他不讳言自己只有小学毕业,童年贫穷的家庭环境,使得他虽然成绩名列前茅,却无法继续升学。身为家中老大,他犹如家长般挑起家计,一毕业就到织布厂工作。好学的他思考着,既然不能再升学,那就在织布机械上多自学。于是利用工作之余,在机器旁静静看、细细想,遇到线上织布机故障了,他摸索着找出原因,排除问题。久而久之,他对机器的性能逐渐迈向专业级的掌握。

来到精舍，这一技之长，让德偌师父对食品级的机器，很快能够一理通万理彻，在机器的维修保养、生产线的规划上，承担着不可或缺的责任。

用宁静的心，聆听机器

机器是生产线上的主角，每一天，德偌师父总是以爱惜、守护的心，与机器相处。有哪个环节故障了，他立刻化身为医师的角色，为机器把脉。

就如中医的望闻问切，德偌师父说："对机器来讲，听声音是很重要的。上人有一句话是'用宁静的心，观看众生相'，我就是用很宁静的心去听，哪里声音不对劲，从中判断病情，进行维修。"

每当现场回报机器坏了，德偌师父会先听同仁陈述状况，然后开始"听"机器。以经验而言，有时现场人员看到的只是表相，以为是这处坏了，其实病灶在另一处。所以必须要有更高的敏感度，用更远的眼光，看进机器深处。

"我把机器当作是菩萨，"德偌师父以修行之心修理机器，"当下，我希望同仁暂时不要跟我讲话，我必须很宁静、很专注，否则散心杂乱，就绝对抓不出问题。"

有一次厂商来安装机器，完成后准备收工回去，德偌师父觉得哪里似乎不妥，提出看法："可能会有问题哦。"厂商原本

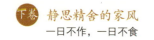

不相信,测试之后,果然出现问题。德偌师父打趣道:"你看吧,不能急着回去,菩萨就是要留人啊。"

厂商觉得很好奇,到底德偌师父是怎么知道的?他告诉厂商:"用心就是专业,有心就不难,上人一直这样教导我们。"

杏仁的挑战

有一次,德晗师父新研发了一款杏仁口味的薏仁粉,这配方中的杏仁粉,让德偌师父遇到了挑战。一般坊间杏仁口味的产品,多倾向买粉添加,但精舍坚持用原粒研磨,然而,当时的研磨机竟磨不出杏仁粉。每当杏仁一倒下去,机器就停摆,纵使能勉强磨出,却像一团花生酱。面对这令人苦恼的状况,德偌师父陷入长考。

他在机器前静静坐了下来,凝望着,深思着,如何针对杏仁特性,突破机器难题。德偌师父想起证严法师筹创慈济医院时,克服百般波折的精神与毅力,而今自己只是磨不出粉,怎能被一颗杏仁打败?

"我把思维回归到德安师父他们留下来的老机器,拆下它的一支刀片,就像解析一颗心脏般,观察,揣摩,试做机器样品。"德偌师父看出其中端倪,于是透过改变结构,加上冷却轴心,成功克服杏仁出油化黏的问题。

当机器开动,细白的杏仁粉顺畅漏下,德偌师父形容自己的心情:"好高兴哦!上人说,有心就不难,用一种很欢喜的心去接受挑战，我觉得这是使命，是责任。我想每家食品公司都一样，推陈出新才能进步成长。上人教导我们要有研发的精神，德晗师父研发新品，我以机器因应，合和互协，才能不断推出与众不同的产品。"

人生在世总有无力感或无助的时刻，德倍师父有一个充电的方法："利用早餐或午餐时，问讯的刹那，看上人一眼。当然，上人是无时无刻都在心中的，但是无助时看一眼，会觉得拥有上人的法，一切就够了。出家就是要来修行的，我发愿以和供养上人，这是我上报师恩的小小心意。上人交待我的工作，我一定做好本分，使命必达，不让上人担忧，因为我觉得让上人烦恼是很不孝的事。"

轻轻的三个字

每年的岁末祝福，精舍常住师父都会准备"福慧红包"与"福慧袋"结缘，表达这一年来对每一位志工与会众的感恩与祝福。

福慧袋中的"静思三粉"，就是在二〇〇二年新粉间、新机器启用后，第一次与会众结缘。这年的岁末祝福，全省举办两百七十多场，三十多万人参加。岁末祝福之前，证严法师来到粉间，很关心地问弟子们："可以吗？"

德倍师父回忆当时心情："虽然上人是轻轻的一句问话，却深深烙印在我心里。我了解上人不舍弟子们的辛苦，当时机器刚开始在成长,大家正在适应学习,要备足三十多万份的数量,上人的担心是必然的。当时我们想,会众长期护持我们,精舍常住回馈会众的心意,一年也只有一次,就算辛苦一点,也是我们的本分事。"

当时德倌师父与德晗师父就一起向证严法师说:"上人,没有问题,我们可以来承担。"

对于责任与使命,德倌师父无时或忘。"在静思精舍的每一位弟子,都是一部大藏经,守住本分,好好做事。对我而言,不管如何困难,一定学习承担,才对得起上人与常住成就我在粉间里学习。往后粉间迁往协力工厂,空间、规模扩大了,技术人员也会逐渐增加,我不敢说可以达到百分之百全自动化,但不断提高品质,是未来最重要的蓝图。"

智慧之米，慈悲之香

第十章

- 台湾自制干燥饭的首例
- 饭中磨练，香积摄心
- 宁愿太平时刻享用，不忍灾难来时应急
- 集装箱出发，祝福上路
- 六个字的悸动
- 法香德香最为芬芳

桂花树下，一股腾腾浮动的气息，不是花香飘逸，竟然是饭香。那是德晗师父在煮饭。德晗师父煮的饭并非为三餐，而是在研发"一碗水就可以冲泡的干燥饭"。

这是证严法师的一个想法。因为曾有一次冬令发放，有位阿嬷领回白米后，由于无力烧柴煮饭，看着白米就在眼前，却无法充饥果腹。这一幕，深深触动证严法师的悲心，心想白米如果可以变成干燥饭，直接冲泡，立即可食，阿嬷就有一碗饭或粥可吃。

有一天，在与弟子们的会议里，证严法师问起："那包日本拿回来的干燥饭，有没有继续泡来试试看？"原来，那是托人从日本带回，作为干燥饭发想的样本。同在席中的德晗师父，第一次听到了证严法师对干燥饭的期待与理想。

出了会议室，德晗师父心中一直盘旋着这件事，德倍师父跟他说："你这个人向来喜欢动脑想这想那，上人既然要做干燥饭，你怎么不试试看？"

师门法谊相契，德晗师父心有同感，好啊，反正有干燥机，那就来试试看。

台湾自制干燥饭的首例

二〇〇六年八月中，德晗师父开始了他的实验。

每天从大寮里盛上一大碗白饭，在烘焙四神汤药材的干燥机里借用一小角，将它烘干。然而，这为烘焙药材所设定的温度、速度，是把白饭烘成干饭了，但是无法覆水还原为软Q

的白饭。他不气馁，每天试上一碗饭，每天虽都不成功，但是一点一滴尝试不同做法，日复一日，有一天，竟然成功了！

德晗师父回想那关键的一刻："因缘巧合下，我发现干饭可以覆水了。以前所有的失败，是因为少了一个动作，在干燥之前把饭加水分离。因为饭的粘性高，加水降低它的粘度，干燥后才能成功覆水。"

获得了这个突破性的大进展，德晗师父呈上饭请证严法师试吃，"不错啊，我们自己也能做出这样的饭，直接冲泡就可以吃。"证严法师颇为欣慰，鼓舞他朝此方向继续努力，"这是有益人群的事，你要用心去做喔。"

德晗师父抱定一个坚实的信念："上人的心愿在哪里，弟子就要立愿在哪里。"如此铿锵有力的决心，很快化为铿锵有力的行动，就一口饭锅架上水槽边，克难地继续他进一步的研发。

后来，新进了一部较大的台车式机器，就开始每天煮上三锅饭，要将二十一公斤的白米完成干燥。新机试用后，发现制成的干燥饭竟然无法覆水！

到底是怎么一回事？原理一样，构造一样，加水分离的步骤、前后的制程，一点也没疏漏，就是不能覆水，连机器厂商也不知问题出在哪里。

干燥饭在台湾前所未见，厂商从没做过，根本无法协助设定条件，德晗师父知道唯有自己去摸索，才能找到答案。没有

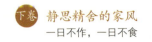

询问对象,没有资讯来源,并非科班出身的德晗师父,和研发团队之一的德偌师父,在漫无头绪中面临了棘手的困难。

"接受困难,解决困难,有心就不难。"德晗师父领悟研发过程就是一种修行。每天早上他都充满信心,从早试到晚,即使一天下来又是无功而返,也没有一己得失心。心宽念纯,克尽本分,想尽各种办法,德晗师父莞尔回想:"当时连梳头发的大排梳子、喷枪,都买回来了。梳饭、喷饭,从各种角度思考饭,经过足足一个月,找到答案了,问题就在机器本身。"摸清了机器的脾性,做了改善与调整,终于能够上线量产。

这一段漫长的研发时期,德晗师父每次做出干燥饭,都请证严法师先试吃。证严法师总是赞许他的用心、肯定他的努力,然后再提出建议。

不断思索建议,不断改良制程及配方,用纯净开放的心态,面对自己非科班的领域,德晗师父说:"就是因为不专业,才能心如虚空、脑袋天马行空,摸索出跟市面上不一样的食品。"

这个不一样的食品,终于在德晗师父百转千回、用尽各种方法后,研发成功,成为台湾自制干燥饭的首例,证严法师为它取名为"香积饭"。

饭中磨练,香积摄心

"香积"一词来自佛经,香是芬芳馥馨,积是因缘积聚。诞生自静思精舍、积聚了各方因缘之香的"香积饭",成功达到了只需以水冲泡就可食用的理想。"生命有无限的潜能，人生有无限的可能，"德晗师父这样与大众分享一路走来的体悟，"只要是对的事，就要积极去开创好因缘。未尽心尽力之前，请不要轻易说'随缘'。"

证严法师经常勉励弟子要走入人群、接受人事的磨练："不接受磨练，无法去除自己的习气；不接受磨练，没有真正的智慧，也无法生出真正的慈悲。"香积饭的磨练，让德晗师父体会良深。

有一次，证严法师在晨间的开示中说到，为了成就一件事，即使自己没有错，也必须弯腰低头向人讲好话，让利益大众的事情圆满。这段话，深深触动了德晗师父，当场就在蒲团上，泪如雨下，久久无法停止。因为内心的一件人事问题，就在这段话里，消融，疏通，洗涤清净了。

那天证严法师还举了一个例子，一九九一年大陆华东水患严重，慈济发动募款赈灾，那是大陆赈灾的首例，台湾社会很多人不谅解，当慈济人上街募款，竟有人出手要抢一位师姊的功德箱。师姊十分镇定，她机灵地弯下腰来，一方面护住功德箱，一方面低头致意，不断跟对方说感恩、道谢谢，化解了惊心动魄的险象。

德晗师父从证严法师的开示里得到很大的力量。"早课后，我打了一通电话，主动跟对方说对不起，希望一起把事情圆满完成。上人常教导我们'借事练心'，现在我对这四字有新的

> 下卷 静思精舍的家风
> 一日不作，一日不食

体悟。我们每个人本就有真如的佛心，只是被层层叠叠的尘垢包覆住了，所以一定要借着人与事来清除。感谢那些来到身上的人事物，上人说这都是胜缘，是来成就一个人的殊胜之缘。我想，每个人一生都会经历很多人与事，只要好好运用上人的法，去应对自己的境，问题就能迎刃而解。"

从磨练中一路走来的德晗师父，永远这样鼓励自己："心中有佛，觉性在；心中有法，正念在；心中有僧，净心在。"

宁愿太平时刻享用，不忍灾难来时应急

后来，当德晗师父把研发完成的香积饭，寄给国际人援会的实业家们看时，被认为完全不输日本等级，甚至更为好吃。惊艳于香积饭的诞生，实业家们希望一探"研发室"，这让德晗师父不禁莞尔笑了。因为他的"研发室"，不过就是几处逐"水"而安的空间，先是粉间的水槽，之后挪到桂花树下，再来换到两个楼梯板，隔上一块木板。只要有水，他就能取水淘米，架锅煮饭。克难的条件，几经流动的历程，香积饭就这样成功诞生，上架面世。

证严法师对香积饭有四个应用的面向。第一，赈灾用。快速提供温饱并顾及卫生方便，让灾民及勘灾人员，能以营养的泡饭来维持体力。灾难，人人都不忍见到，但若灾难来临，冲泡式的干燥饭可以及时让无力张罗三餐的受灾民众获得饱足，同时也是赈灾人员最佳的安全饭食。

第二，急难用。慈济人在救灾、肤慰、清扫、发放的过程中，冲泡香积饭做成便当，盖上盖子后出门，送到灾民手上正好冲泡完成，可以节省很多人力、体力与时间。

第三，营队用。每办一次大型的活动，就要动用众多香积组的人力，运用香积饭可以简化备餐流程，让来到慈济道场的香积志工，有更多时间听经闻法，汲取心灵道粮。

第四，家庭用。以香积饭为家人备餐，少油无味精，吃得更健康。不需动用其他炊具，省水、省电、省时间。全家共聚同享天伦，减少外出用餐，更可以节能减碳。

集装箱出发，祝福上路

香积饭面世，让德晗师父感触最深的是："宁愿在太平时刻，让大家享用香积饭的可口与方便，而不是运用于急难的救助上。"

然而天有不测风云，世间也无法永保风调雨顺。二〇〇九年八月八日，中度台风莫拉克来袭，挟带着强大风雨，造成中南部地区严重的灾情。家园摧毁、土地流失、生命逝去，断水、断电，民生需求告急。

为了因应受灾民众热食所需，证严法师指示，立即运送香积饭到高屏地区。德晗师父回忆当时的紧急："那是香积饭第一次用在急难救灾上，立即性的需求，让精舍全体大动员。无法跑到救灾最前线的常住众，可以在后援上尽一分心力，这是

下卷 静思精舍的家风
一日不作,一日不食

二〇一一年日本三一一地震,志工及常住师父为救灾,赶工制作香积饭

上人给了我们付出、植福的机会。这场灾难，虽然让更多人认识了香积饭，却也是我最不忍看到的一件事。"

从八月八日下午紧急赶制，晚上九点四十五分，满载香积饭的四十呎集装箱连夜出发。当德晗师父目送这第一部集装箱启程，内心感触无法言喻。他双手合十，泪流满面，祈祷香积饭安全及时到达灾区；也默默对自己的师父倾诉心声："上人，我们做到了，我们知道您对香积饭的期许，现在，香积饭就要去发挥它立即的功能。感恩您不断鼓励我们努力研发，如今才能及时利益人群。"

六个字的悸动

"这是有益人群的事，你要用心去做喔。"这句研发最初证严法师的叮咛，德晗师父不敢或忘，谨记在心。就在一次早课的礼佛时，忽然间，"为佛教，为众生"六个字，从内心一涌而上，德晗师父当下受到极大的震撼。

"这六个字是印顺导师给上人的使命，上人当年的心情我无法感知，可是，当这六个字忽然在我心头涌现，那种内心的悸动、鲜明的贴切感，强烈到让我久久无法平复。"德晗师父坦言他的心情："这一路走来，其实研发香积饭，是我的能力之外；拿起麦克风与人分享香积饭，也是我的能力之外；要面对各式各样香积饭的机器，更是我集所有能耐的极限。每一次新的机器进来，我都感到害怕。不是为一己，而是烦恼能不能发挥它最大的性能。我之所以能在害怕中提起勇气，勇敢地站

下卷　静思精舍的家风
一日不作，一日不食

上台，勇敢地接触机器，是因为感恩上人及常住给了我这样的因缘。作为佛教的修行者，作为上人的出家弟子，我希望让世人知道，在静思精舍的僧团里，可以成功地研发出一样东西，哪里有需要，实时能提供。如果这是为佛教，也正是以'为众生'作为前提。"

德晗师父身体力行，与精舍的常住师父们，一起实践了静思法脉的精神。"相信上人所说，完成上人所愿。我们的福报很大，上人创造了因，让我们去把握了缘，师徒因缘传承，让我好感动又好感恩。"

法香德香最为芬芳

证严法师在"静思晨语"中，曾经开示《维摩经》中所说——居士托钵，请饭香积如来云："唯愿如来，施少许饭，为娑婆世界，作大佛事。诸大弟子，闻香积饭，扑鼻芬香。"（维摩诘居士见佛时，礼请佛陀开示，向佛乞求妙法资粮，滋润大众的慧命，为娑婆世界作大佛事。）证严法师诠释，这个"饭"就是"法"。

从佛陀的德，乞来了妙法之香。证严法师告诉大家："这种法香德香的味道，最为芳香扑鼻；让人感觉不是世间有形的名香，是那种无形、更无法以言语名相去表达的香气，这就叫做'法香、德香'。"

以法香、德香润众慧命，香积饭里有佛陀妙法的启迪。

涤净人间杂念

第十一章

- 从一张白报纸开始
- 坚持手工,节能减碳
- 在植物中领悟佛心
- 来自原住民的分享
- 净皂厂的幕后英雄
- 香茅纯露的祝福

下卷 **静思精舍的家风**
一日不作，一日不食

净皂入模成型

净皂，是从一段话里"生"出来的。二〇〇七年，证严法师在与慈济人座谈时，感叹现今有许多日常用品都含有化学成分，洗沐之后常觉得头皮发痒；回想小时候，母亲都是用无患子加米糠，放到晒谷场风干后，就是很好的盥洗用品。

这一段话，让当时随行在侧的德寒师父触动很深。食品工程学系出身的德寒师父心里暗自想着："那我就试着来做一块天然无化学成分的肥皂给上人用。"一念心起，德寒师父凭借着既有的化学知识，他动手了。

第一次做肥皂，德寒师父依着古早的老配方，用米糠做出了第一块手工皂，送给证严法师使用。一段时间后，这一块米糠皂用完了，德寒师父又做了第二次……就从那时候起，证严

纯手工的背后，是护持大自然的一念善心

法师每天使用德寋师父的手工皂，即使口头上没有多说什么，却是用行动充分支持弟子的这一念心。

因为使用手工皂改善了头皮发痒的问题，证严法师想到："我有这种困扰，相信有许多人也深受这种困扰之苦。"他希望好东西能助益所有人。于是，德寋师父的手工皂从原本的"孝敬上人"，发展为"分享众人"，二〇〇八年正式走上开发制造之路。对于那最初的一念心,德謇师父说:"就像一个小孩子对父母的孝心,这是一个小爱的念头,然而却是上人大爱的产品。"

就如"油加碱"才能皂化的化学定理,证严法师的一句感叹,加上德謇师父的即知即行,净皂的因缘,就这样发生了。

从一张白报纸开始

决定开发手工皂,德謇师父在精舍邻近的一片铁皮屋中,寻到了制皂的空间。那真是全空的一间屋子,德謇师父拿起一张白报纸,开始算空间、画格局,一步一步将净皂厂房规划成形。

隔间木板、办公桌椅、置物层柜,都是来自精舍旧物的二次利用。惜福爱物的环保精神,在净皂厂成形的最初,就已彻底实践"清净在源头"的理念。

开始要生产时,德謇师父用手工打"皂液",努力了八个多小时还打不出皂浆,克难精神令人不舍。于是有人提议去找部制皂搅拌机。打听之下,"五十万元"的高价立刻让德謇师父却步,他深知常住资源来之不易,"我要把一块钱当作五十元来用,不能将五十元当作一块钱来用。"

放弃了这部搅拌机,接着怎么办呢?因缘凑巧,听说有一部中古的面包搅拌机要出售,德謇师父高兴地接手了,爱惜物命,让它再一次发挥良能。众人经常笑称,"謇"音同"捡",

采收、运送、晾晒与研磨香草植物

第十一章 | 涤净人间杂念

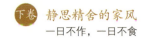

也同"俭",真是实至名归。

简单的厂房,没有空调设备,冬天冷,夏天热。每逢盛夏,铁皮屋下经常高达三十五度以上,酷暑中纯手作的净皂,每一块都含带着辛苦无比却甘之如饴的诚意。

坚持手工,节能减碳

为了节能减碳,净皂的制作几乎全程仰赖人力。德寋师父说:"我们并不是不知道使用现代的机械,可是我们愿意放弃一些现代文明的东西,找到人力可以取代的方式。"

所以经常可以看到这样的场景:手工采收香草植物,手工晾晒、磨粉、手工灌皂液、脱模、手工切割、排皂、自制保温箱隔离空气……这在一般社会上可能早已用机器取代,但这里克勤克俭,因为可以不耗费电力。一切的制具,不同于坊间工厂量化生产的机械,诸如做皂模具、切皂机、排皂车、吊车、货梯等,全都是在德寋师父的构思与一群慈济志工的协力下,专为净皂量身订作。

就连植物原料也是就地选择"台湾东部""静思精舍"现有的素材,最近的来源,即是最佳的来源,可以减少运输,落实减碳。每当出门摘采植物,或是成品出厂送货,德寋师父都坚持骑三轮车。"我只是觉得,少开一趟货车,就少用一点油,少排放二氧化碳,对地球就少一点负担。"

这部三轮车,来自台北八德的慈济环保站,踩起来虽重,但德寒师父也视作运动。"现在大家都在讲绿能，其实真正的绿能是人类自己。父母生给我们的双手、双脚，就可以产生许多动能。用双手洗衣服，省了洗衣机的

▎独一无二的发电水车

电；用双脚爬楼梯，省了电梯的电，这才是真正的绿能。大家以为慈济的环保，只在垃圾分类而已，其实不然，日常生活里的节能观念，我们一直都在带动。"

动能在天地间，净皂采用传统冷制法，冷却的水源，正是厂房后方来自山上的溪水。德寒师父说："碱加水形成的高温，必须降到四十度，一般皂厂都是用冰水降温，我用的是沁凉无比的溪水，这是天然的冷却设备。"溪水常年潺潺而过，不只促进皂化，随顺地利之便，志工师兄们更打造了独一无二的水车，以自然的水力发电，提供厂内包皂的照明之用。

德寒师父谈起，这种种善用因缘的养成，"都是来自上人的教导，在这样的法脉熏习下，自然敏感于周遭的事物，希望万物的价值不会白白浪费。就连咸丰草、苦楝花，我都纳入做皂的思考，因为咸丰草能消炎，苦楝花有很好的止痒效果。"

在植物中领悟佛心

如果说"米糠"是德寋师父手工皂材料的领头羊,那么接下来的材料开发,可真是"从一生无量"了。迷迭香、茶树、肉桂、芳香万寿菊……三十多种天然草本植物,在精舍香草园里绿意盎然,感受植物对人类的爱,同时也在植物中领悟佛心。

德寋师父指着身旁的一棵肉桂树说:"肉桂本就是一味中药,对人体很好,而且有着特殊香味。我将肉桂的树叶,以高温蒸馏萃取纯露与精油,它可以留香人间,这是植物给予人类的爱。我心里常在想,人有时还不如一棵植物,植物萃取留香人间,剩下的残渣,还可当肥料滋养大地,直到最后都能化无用为大用。"

一边说着,德寋师父一边抬头望:"看看那棵肉桂,它站在那里,努力吸收天地间的阳光、月光、雨露。它像在跟我说法,我常常感动于这些植物,它们恒持天地法则,坚定挺立,反而人有时做不到,往往一个脸色、一个眼神,就被打败了。"

柠檬香茅也是一样,收割不到五分钟,新芽就长出来了。植物的生命力之强,让德寋师父感觉那是对人们的鼓舞,督促每一个人努力照顾自己的道心,不因挫折而退转。

不同的季节,有不同的芬芳;不同的时令,有不同的大地赠礼。依循时令耕耘、顺应节气变化,不施化肥、不洒农药,以农业的古法智慧,让自然采收的草本能量,内化在净皂中,使用者每一次盥沐,都犹如接受一次大自然的洗礼。

肥皂本来就是用来清洁,德寋师父认为,努力让肥皂回归清净,就如同学佛者除习气、涤心垢,找寻自我的清净佛性一样。因此,不加精油、不加香精、不加香料的手工皂,不叫"香皂",它香得很内敛,但是净得很彻底,所以称为"净皂"。

来自原住民的分享

有香茅,采香茅,做成香茅皂;有紫苏,采紫苏,做成紫苏皂……"就地取材"是德寋师父做净皂的大原则。就连"净露"最初的研发,也是得自当下即是的启发。龙王台风时,精舍附近草木摧折,证严法师对满地落叶感到不舍,这份疼惜一花一草的心,让德寋师父"一念动三千",而在后来开发出"纯蒸汽蒸馏、纯草本、非木本"的植物纯露。

至于现已上市的"牛樟纯露",则有另一个背景故事。

精舍对面村子里,有人栽种牛樟菇,牛樟椴木的木屑,香极了,让一位原住民邻居回收了去。过了一段日子,原住民邻居提来一袋牛樟木屑,脸上写满问号:"德寋师父,这个很香,可是我拿去菜园当肥料,菜都死了。"

德寋师父告诉他,牛樟木质含油量高,还有杀虫成分,木屑必须经过堆肥熟化的过程,才能撒在菜园。如果直接当肥料,不但没有木质素的营养,还会伤害蔬菜的根部,当然就活不了了。

原住民邻居听了,点点头:"那这袋给你,你有没有用?"

一日不作，一日不食

一向不忍浪费物命的德寋师父，接过来一闻，的确好香，于是就善用这个好意的分享，将牛樟木屑透过蒸馏，高温杀菌，萃取出天然植物性的纯露。

"地球共生息的原理就在这里，"德寋师父说，"花草植物该怎么用，什么时候用，都有它的道理，否则只会产生反效果。比方维他命对人体很好，但如果拿来当饭吃，那可是会出大事的。上人常说'一理通，万理彻'，把握一念心正，利他为上，就能通彻天下道理。一九九七年我刚来精舍时，我还不懂，心想物理就是物理、化学是化学，怎么可能一理通万理彻？经过这十几年，从上人的言教身行，感知上人真是一位很伟大的教育家，现在我可以体会到，一个原理，唯有在无私的平台通彻应用，知识才能变成智慧。"

净皂厂的幕后英雄

串连智慧与善念，净皂厂的出现，还有一群令人感动的幕后英雄，德寋师父一谈及此，语气充满感恩。"这几位居士，包括张世问、赖瑞炎、邱丹池、高土水、罗尹玱、魏良旭等，都是净皂厂的幕后英雄。他们一路陪伴我开发机器，我只是提出概念，都靠大家集思广益，边做边整合，一步一步走来，才完备了如今的规模。因为有上人德行的感召，摄受居士们在这里付出，用智慧来协助我，有了这些在家菩萨的支持，给了我非常大的力量。"

除机器研发之外，他们还帮忙切皂、排皂、包皂。更让德

帮忙切皂的诸位师兄

下卷 静思精舍的家风
一日不作，一日不食

▎收缩与包装净皂

寨师父感动的是，张世问与高土水的太太、孩子也都来帮忙，出脑力，出体力，大家用身心来护持。"他们每一周都来回于自家和净皂厂之间，常年如此，所以不论何时，这里都有人像值班一样照顾、巡看。像魏良旭居士来到这里，虽然身为董事长，也是挑拣茶树、扫地、拖地，当作是自己家里一样。"

早年身为工程师的邱丹池，是建造空军机场的专业人士，如今上了年纪，因为参与慈济而来到净皂厂。他常谦称自己老了，但诸如电路设计、如何节能、几个马达刚好够用，邱丹池的专业知识，帮助很大。即使只是坐着排皂，德寨师父也是感恩不已："他来，就是给我一分的安心。"

老人家很喜欢来，而每次回去自家，小孙子常会问他："阿公，你什么时候还要回去花莲？"连小孙子都以为，花莲才是阿公经常回去的家。

有一次台风,花莲风大雨大,连精舍都淹水了,德寋师父非常忧心,净皂厂大概也躲不过这场水势吧?凌晨三点五十分起床的板声一响,他立刻冒着风雨出门,才踏出去,就看到整条马路全淹了。他小心涉水而过,远远就望见邱丹池与张世间,正在四处巡看,一身湿淋淋,看来是整夜未睡。"幸好有他们,可以就近照顾。净皂厂属于常住,也是大家的家。感恩上人给我们这样的平台,在家居士们如此用心付出,正是以身作则,留德给下一代。"

香茅纯露的祝福

有一次农历春节,净皂厂前的广场上,春节活动热闹滚滚;净皂厂里,德寋师父仍守在自己的岗位上。

证严法师来了,看到德寋师父没有休工,问他在忙什么。

德寋师父回答,正在萃取柠檬香茅的纯露。

证严法师四处看着,说起香茅可以编织,气味真的很清香。

清香飘扬中,德寋师父一再感恩地谈起,每一段过程都有菩萨的现身,因为在家居士们的付出,以及常住师父的支持与陪伴,才成就了净皂厂的规模。

就在德寋师父恭送证严法师走出净皂厂时,证严法师有感而发说了一句:"你很有福!"

德寋师父满心感动,他回答证严法师:"这一路走来,因

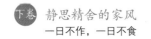
一日不作，一日不食

为有上人的德行摄受，净皂厂才做得起来，我不过是尽了出家人的本分。"而今回想当时的那一幕，德寋师父说："上人虽然只是轻轻一句话，但给了我最大的鼓励。"

净皂用油的来源，也让德寋师父体会到四方因缘来聚、菩萨现身的愿力。"最初我不知道椰子油、棕榈油去哪里买，才能掌握品质的稳定，很感恩印尼的黄居士，为此召开专案会议，帮我们选择最适当的油品；当我一直找不到优质的橄榄油，大陆广东的陈居士，为我们直接从国外进口原油。此外，台湾很难买到的米糠油，更是通过泰国师兄姊帮忙，向当地知名的制造商下订。是所有在家菩萨的专业支持，让这一块净皂，打从原料开始，就充满了对纯净天然的尊重，我真的非常感恩。"

二〇一二年，德寋师父的母难日那天，他向俗家妈妈提起净皂的现况："现在净皂不错，大家愈做愈有成果，你如果有空，来这里走走，也可以一起帮忙。"

妈妈听了十分欣慰，赞叹了一句："你真的很棒，在家时也不觉得，现在变得很有才能了。"这句话才讲完，停了一秒，妈妈立刻转换了语气："但你不要以为是你一个人的才干哦，你是上人回收的，是佛祖教的，否则你当妈妈的女儿时，没有这么能干。"

德寋师父永远记住这句话，觉得这辈子最有福的是："有一个给我生命的明理妈妈，以及有一位引导我慧命的上人。"

农禅自在

第十二章

- 半叶给人,半叶给虫
- 步步生莲,菩萨网密
- 在农作中沉淀身心
- 每一餐所吃,都可能改变世界
- 提起使命感,化危机为转机

下卷 静思精舍的家风
一日不作,一日不食

天空蓝得很开阔,山峦沉静地绿着,翠色绵延铺开一垄垄菜畦,几位常住师父正弯身除草。一袭僧服,一顶斗笠,锄头叩地笃笃,镰刀刈出青草的鲜味,鸟音啁啾里,安详如世外桃源的平畴大地,充满了古早年代的农家风情。

精舍左边的这大片菜园,永远好戏连台。冬季的莴苣、菠菜、茼蒿、A菜,与夏天的番薯叶、苋菜、玉米、丝瓜、包心菜,轮番上阵。少为人知的猪母乳(马齿苋)、剑A菜(剑叶莴苣)、香芹菜,也在此占有一席之地。

芭乐、凤梨、桃子、火龙果、百香果高潮迭起;甘蔗、芋头、麻苧各具风华;更有整片的柠檬香茅、澳洲茶树散发馨香……菜园里四季更迭,精舍中一日不作一日不食,自给自足运作不息。生活可以这样简单,心境可以这样清美。

半叶给人,半叶给虫

清晨六点早斋之后,常住师父们在菜园浇水的工作就开始了。七点一到,先进主堂聆听证严法师主持的志工早会,八点半继续回到菜园。对于浇水,德江师父有一番经验谈:"以两三位常住师父同时用水管洒水,有时必须花上一个上午的时间,才能把整片菜园全部浇湿。后来我们用放水的方式,把水引入两方菜畦间的畦沟,让水漫漫渗进土里。"

艳阳当空的夏日,菜园农作十分辛苦,所以上午十点半后,就从田间回到大寮挑菜。德江师父说:"夏季的菜特别容易有虫

▎生生不息的有机菜园

害,挑菜需要很多人力。常住师父及老菩萨们挑菜,都是一叶一叶正面反面看得很仔细,有瓢虫、毛毛虫,一一将它们放生。叶子背面常附着虫卵,那就没虫卵的部分留着,有虫卵的部分,让它回归大地。"半叶给人,半叶给虫,这是一片亲善的田园。

　　锄禾日当午,汗滴禾下土,为了避开赤炎炎的日头,下午的农作调整了时间,将晚课提前于两三点之间,三四点后继续到菜园出坡。育苗、栽种、施肥、浇水、除草,是菜园里的日常工作;一季蔬菜收成后的翻土整地、开耕耘机,常住师父们

下卷 | 静思精舍的家风
一日不作，一日不食

检视青菜有无虫卵，不伤害天地万物

也亲力亲为；遇到需要大型耕耘机犁田时，会有志工师兄助一臂之力。

步步生莲，菩萨网密

二〇一三年周年庆期间，德伾师父正打算在菜园里搭豆棚，准备栽种长豆。一群来自台中的师兄们回到精舍参加庆祝活动，看到德伾师父，自动自发开口问："德伾师父，您有没有工作需要我们帮忙？"

"你们真的是菩萨送上门哦，我正好要搭豆棚。"德伾师父喜出望外。

即知即行，这群护法金刚很快备好工具，浩浩荡荡来到了菜园。由于连日下雨，泥土湿黏，一踩下去，个个泥足深陷，双脚几乎拔不起来。这天证严法师开示时刚好讲到"步步生莲"，德曜师父思虑敏捷打趣说："现在菜园里真的是'步步生黏'了！"当场一片笑声，大家心有同感，一位师兄很快接了话："这就是菩萨道难行，但是也要行。"另一位师兄立刻拿来一块塑料板，跨在畦沟上，"那我来铺一片菩提大道直，让大家走，一定很行。"

大家踏在板上，做起事来方便多了。师兄们又有感言："果然是菩提大道直，让我们可以顺利搭好豆仔棚，盖上豆仔网。"德佺师父看着这群金刚菩萨："通过大家的双手，这就不叫豆仔网了，而是菩萨网。"

第二天，仍是细雨绵绵，师兄们一早见到德佺师父："德佺师父，我们今天来种豆苗。"

德佺师父有点忧心，"现在种下去，我怕豆苗会淹水往生了。"

师兄们信心满满："有我们的祝福，一定会活。"

看到大家那么诚心，德佺师父下了决定："好，那就种吧。"

豆苗种下了，经过一夜，满心牵挂的德佺师父，一早来到菜园，看到豆苗状况很不错，心有所感："小豆苗要靠着网子才能往上生长，开花结果，豆荚累累。就像我们一样，上人给了我们菩提苗，种下去了，我们要靠上人的智慧法网往上长，也要靠自己的力量下功夫，才能成就慧命，行在菩萨道上。"

> 下卷 静思精舍的家风
> 一日不作,一日不食

人人都希望"开好花,结好果",在这片菜园里虔诚撒下的种子,是希望,是梦想,更是众人善心的汇聚。证严法师说:"我们若有纯良的种子,一定要把握因缘时机种入土中,并且给予充足的阳光、水分、土壤和空气,才能顺利成长。"

在农作中沉淀身心

二〇一三年元旦这一天,十多位海外慈青,在常住师父们的带领下,走进菜园采姜黄。用圆锹拨土,小锄头松根,挖出姜黄后,用镰刀轻轻抹去覆泥。

习惯电脑键盘的双手,熟看网路世界的眼睛,这时,摸着田泥,闻到姜黄的辛香,看到了蜘蛛、蜈蚣、蚯蚓,蠢动含灵皆有佛性,尊重生命应遍及一切众生。有人终于知道"谁知盘中餐,粒粒皆辛苦";有人明白就算是不起眼的姜黄,在来到餐桌之前是经过了这么多的心力付出;有人领悟碎姜与姜块本质无异,只是心念分别而已。生活在城市的这群年轻人,扎扎实实体验了富含禅理的农家之乐。

菜园正是这样的地方,既是常住众出坡的工作场,也是慈济人精进研习的绿色课堂。经常有志工在菜园里沉淀身心,或许必须接受阳光的沐浴,必须戴手套、袖套,擦抹防蚊液,但是,暂离生活间的琐事、办公室中的公文、电视机里贫乏无益的剧情,会发现跟自己相处的时间变多了。有一回,台南慈济人返回精舍精进七日,圆缘时与证严法师分享学习心得。黄惠

出坡耕作的常住师父

师姊谈到她在菜园耕种时,看到很多小蜗牛、蚯蚓,但是除草过程难免会伤到它们,她立即连声跟它们说"对不起"。这就让她自我省思到,在社区做慈济事时,跌来撞去、磨来磨去,当下是否会向慈济家人忏悔?

"蚯蚓有很强的再生能力,受伤也能迅速复原;就像道心坚定的师兄、师姊，因为'法入心'而有免疫力，无论遭遇何等挫折，依然精进力行菩萨道，还能够愈挫愈勇。可是其他人，或许会因为自己的言行受伤，起烦恼，退道心。"

回到精舍短期修行，每个人都借事练心，证严法师肯定在家菩萨们学有所得。"精舍的修行，是从清晨三点多起床后，就是分秒不空过，镇日忙碌于日常工作，心念还要在佛法中。随着常住师父出坡、耕种，也是体验农作生活的辛苦，知道滴油、粒米、寸菜，皆来之不易，所以日食三餐，都要心怀感恩。"

每一餐所吃，都可能改变世界

人与天地韵律和谐，菜园里耕种的是蔬果，深植的却是一个必须严肃以对的"饮食"课题。饮食不是日常小事而已，人类饮食形态的影响力广及"地球"。因此对于饮食来源的田园，证严法师一再呼吁回归自然，依循四时节气，采用有机农法，在地耕种，当令采收，不洒农药，不施化肥。有鸟儿飞，有虫儿跑，表示这块土地仍活跃着古老的农业智慧。

国际保育人士珍妮·古道尔二○○七年受邀来台时，就提出"每一餐所吃都可能改变世界"的呼吁，用改变饮食来保护地球。吃在地，吃当季，减少食物的运送里程，降低低

用心照护大地,与地球共生息

温运送、包装制造所产生的二氧化碳及污染。不因畜养牲畜而耗费大量的水,不因种植饲料作物而砍伐森林,造成物种灭绝。

每一餐都可能改变世界,于是,每一人每一天就有三次机会!这三次机会回归于饮食来处的菜园,就是踏踏实实地垦植、播种、除草、灌溉、施肥、采收……

静思精舍的家风
一日不作,一日不食

提起使命感,化危机为转机

菜园巡礼、农务体验,所见不只是眼前的这片土地,视线更可延伸到"慈善农耕"的远景。

因应气候变迁,及可能发生的粮食危机,慈济基金会经过缜密的规划,二〇一〇年八月,向台糖公司志学有机农业专区,租赁二十点三六公顷农地,种植蔬菜、豆类、杂粮、香草等。慈济大爱农场,是推广慈善农业跨出的第一步。

大爱农场实施有机耕种,坚持不施化肥、不洒农药,寻找农业古法智慧,顾及生态平衡与农业永续。

近年来,全球谷物产量锐减。据统计,世界粮食库存量已降至三十年来最低,非洲、拉丁美洲和亚洲已有许多国家发生粮荒。证严法师语重心长地说:"粮荒不是几个国家或地区的问题,而是全球人类无法规避的责任。人类不能再为了一己之私,恣意消耗资源,使暖化现象持续恶化;否则极端气候愈来愈频繁,不只毁伤人命财产,也将使农作物无法收成;届时纵有再多的金钱,都无法充饥。生存危机如何转圜?倘若人人提起使命感,对的事,坚持做下去,就能化危机为转机。"

证严法师的睿智,总是在事先提醒世人"做该做的事",慈济人更秉持着"对的事,做就对了"的精神,跨步向前。地球是滋养生命、孕育万物的母亲,每一个人的一个小动作,对地球的影响很大。人人恒持俭朴生活,就能延缓地球危机。爱护赖以生存的地球,是责任也是使命,只有人人用心照护大地与心地,才能平安与地球共生息。

化无用为大用

第十三章

- 化作春泥更护花
- 第一部搅拌机出现后
- 虫儿鸟儿把关严选
- 一群壮观的『蒙古包』
- 四人的八手联弹
- 特调的有机肥
- 坐禅做田,真空妙有
- 以法做事,欢喜无比

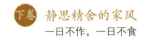

下卷 静思精舍的家风
一日不作，一日不食

撒下种子的菜圃上，才泛出绿意，眼尖的小鸟儿就来了，它们来尝鲜；不久，菜苗长大了些，换小虫们悄悄入境，在青翠的叶片上饱餐一顿。

鸟儿、虫儿都活得很有精神，因为每天享用有机蔬菜大饱口福。精舍菜园这一大片的有机蔬菜绿意盎然，不洒农药，不施化肥，滋长它们的，就是天然养分的有机堆肥。

化作春泥更护花

静思精舍制作有机堆肥，早已是常住师父们固定的工作，二十多年如一日。在这里，环保从来不是口号，而是内化在生活中的涓滴细行。

一谈到有机堆肥便双眼发亮的德佺师父说："早年的自然堆肥，是在一块空地上，把菜叶、果皮、树枝、杂草堆在一起，让它自然腐化，等到完全分解，变成黑色松软的肥料，我们就用独轮车载到菜园，撒在田畦上。"

田畦上，常住师父们戴着斗笠弯着腰，挥动圆锹，将有机肥料铲入田里。在以前还没有耕耘机时，全赖人力不断翻动、搅拌，让肥料与泥土充分混合。这个称之为"打肥底"的步骤，是对土地很重要的亲善动作，如同为大地加餐饭，目的是增益土壤的肥力。

不论堆肥"素材"来自草本或木本，草木不是无情物，化作春泥更护花，护惜土壤，滋养土壤，取之于大地的，又回归

有机堆肥制作区

于大地,轮转循环,生生不息。

第一部搅拌机出现后

二十多年来,有机堆肥的制作不曾间断,只是方式和设备一直在改进,堆肥有了机器助力之后,处理就更为迅速便捷。

有机堆肥的素材,德佺师父谈起其中概分为三类,一是容易腐烂的厨余菜渣;二是不易腐烂的粗纤维类;三是树枝。容易腐烂的菜叶、菜梗、果皮、菜渣等,常住师父们收集后送到厨余回收站,就倒入搅拌机内。精舍的第一部搅拌机,出自一位居士之手,他对证严法师的环保理念非常认同,发心针对精舍的需要设计打造。

搅拌机内分三个储存槽,区隔发酵程度,底部先铺上一层粗糠，以吸收菜叶菜梗的水分；有时再加上薏仁壳、黄豆粕、麻油渣或是豆类的外壳，作用是中和干湿，也增加养分。而透过机器的自动翻搅，促进分解的同时，可以避免滋生虫蚁或产生异味。然后依槽满的先后顺序，载往堆肥场，经过半年发酵，颜色深化，呈现出"黑金土"的模样，就是营养满分的有机肥了。

德佺师父回忆："当时的第一部搅拌机，大家都觉得很好用，后来精舍人变多了，厨余量变大，所以居士又设计一部加温型的搅拌机，加速发酵过程的进行。"

虫儿鸟儿把关严选

现代社会普遍面临严重的垃圾问题，证严法师时常感叹："从前的垃圾多半是自然、有机的，只要加以分类，使其回归自然，就能变成肥料，让大地资源更丰硕。但随着时代的进步，生活便利之下，垃圾也相形增加。"

一般而言，在家庭的垃圾中，厨余约占三分之一。厨余分为生料与熟料，"生厨余"指的是果皮、菜叶、菜梗等等；"熟厨余"则是剩菜剩饭。在静思精舍，几乎没有熟厨余，可以吃的食物绝对不会丢弃，唯一的情况也只是烹煮药膳补汤所剩下的药渣。

惜福爱物的生活智慧，在精舍中到处可以撷取，德枋师父曾在示范搅拌机的使用时，特别强调："放进来的菜叶菜梗必须看仔细，有小虫就要拿去放生。将来这些材料发酵成有机肥，种出来的蔬菜叫有机蔬菜，而且还是严选过的。"他笑着解释："所谓的严选，是因为菜籽种下去后，长出嫩芽时，小鸟会先来吃，这是第一关的筛选。当叶子再大一点，小虫就来了，这是第二关的检验。只要看到精舍的鸟还在飞、虫儿还在跑，就表示蔬菜纯净又健康。也许菜叶不怎么好看，那是因为被'严选'过了。"

鸟儿虫儿正是严格的把关者，与人们一起分享、一起成为生态互动中的一分子。在精舍这片土地上，存在着一种超越言语的自然默契，人与万物之间感情融洽。

一群壮观的"蒙古包"

不易腐化的粗纤维如笋壳、花生壳、玉米壳、落叶等，因与一般菜渣分解的时间不同，必须另成一区堆放。然而直接倾倒在地似乎有碍观瞻，德佺师父发挥了他的创意，"我希望有一些人文的美感，所以就用回收的面粉袋，拼接车成容量很足的大口袋，花生壳、玉米壳、落叶等往里一倒，外观上干干净净。"

高度宽度都超过一百五十公分的大口袋，装置得颇具心思。为了避免袋身软趴，德佺师父在袋口四周穿上竹枝，撑开，架在四根竹管做成的脚架上。脚架深深插入地里，一层石砾一层土，加水夯实，站稳脚跟，整个大口袋就挺拔安稳了，即使大风吹起，也不会东倒西歪。

就像张开一个向天的大口，随时包容四方、接纳倾倒，倒满了，就用绳子束口封存，外覆一层帆布，增加内部温度，促进发酵熟成。一袋束起口来，就有另一袋张开大口，德佺师父

分别注记日期,熟成后依序开袋出品。

于是渐渐的,在这片空间里,一袋,一袋,站开来。五袋站一排,一排,一排,罗列着。整整齐齐,干干净净,远远望去,十分壮观。时间,是最大的作用力,袋里正在化腐朽为神奇,创意在这青翠的竹丛下静静发酵,仿佛开出朵朵花苞,白皙皙、圆鼓鼓的,"所以,我们都把它称为'蒙古包'。"德佺师父笑说着。

四人的八手联弹

至于树枝类,又是另一种处理方式。

树枝是很优质的堆肥素材,平时树木过高过茂的修剪,或是台风来前的裁锯,以及台风过后残枝满地,捡拾集中了,粗枝干燥后可当柴火,细枝则直接用机器搅碎,准备堆肥。

树枝搅碎当下的那股清香,总是让在场者犹如进入翁郁森林,沐浴在芬多精的飞瀑中,仿佛叶绿素全部蹦出来,在空气中跳舞,呼吸间,芬芳满胸臆,令人无比心旷神怡。德佺师父形容,尤其当阳光照射下来,香气散发得更透彻,"闻了可以多活二十年!"搅碎后的树枝,混合入第一类易腐的厨余中进行发酵,有机肥的营养成分更为丰富;或者,直接拿去铺盖在菜畦上,能减少杂草的蹿长。

如果搅碎机是一架钢琴,操作这部机器的情境,就有如四位常住师父合作的八手联弹。机器一开启,四人连续动作,第一位先将树枝整理好，交给第二位投入机器，第三位赶紧拨出碎好的树渣，让第四位快速铲入独轮车中。

德佺师父解释，操作搅碎机一定要四人联手，原因是为了省电。如果只有一个人唱独角戏，要投、要拨又要铲，机器开动着，一定会出现来不及投料的空当，"那就浪费电力了，虽然只是几秒钟，但累积起来也不得了，节能减碳爱地球，就是一秒钟也要珍惜。"

特调的有机肥

"八手联弹"的美妙乐章

除了三类的有机堆肥，还有特调的高单位营养配方，分别针对蔬果青菜不同的种类、部位，加强照顾。

米糠含磷，花生榨油后的余粕含钾量丰富，黄豆渣的氮素很高，这些天然来源的氮、磷、钾，是植物需要的三大重要元素。氮是制造叶绿素的主要成分，能促进叶片浓绿蓬勃，生长旺盛；磷是细胞核的构成要素，在根部发育时助长养分吸收，让花朵绽放，结果硕大；钾能促使细胞新陈代谢，强壮根茎，健全枝干。

黄豆渣、米糠、花生粕，以不同的配比，调入糖蜜搅拌，所发酵完成的有机肥，各有不同效用，德佺师父举例："比如氮三份磷二份钾一份，这是照顾叶菜类，让它的叶片长得又绿又茂盛。像我们现在种丝瓜、青椒、秋葵，生长初期先要顾好它的梗与叶，钾和氮的比例必须高一点；等到开花时节，滋养花朵的磷就要多些。"一边说着，德佺师父脸上泛出笑意，"这是凭着田里累积的经验，自己去感觉植物的需要，结果长出来的菜真的不一样哦，讲到这个就精神百倍。"

有机肥与菜与土地的连结关系，是科学依据，是经验累积，更是心的观照与倾听。奇妙的是，不同的人，在相同时间、相同成分配比下，做出来的有机肥，表面泛生的一层菌种，"长相"各不相同。

德曜师父做出来的菌种，浑浑厚厚的一层，看起来很有定力；德佺师父的就长得清清淡淡，带有微微的香气。另外还有两位近住女（指住在精舍的带发修行者）也做了堆肥，德佺师父说："两位近住女年轻单纯，像白纸一般，她们做出来的菌种，一朵朵就像云一样，雪白雪白的，很美丽。我想，这是心境的对应，人与人之间也是一样，我们对一个人起了好念，对方的反应也会是善意的回馈。"

坐禅做田，真空妙有

与土地相处，与有机堆肥、植物相处，从作务中体悟，是生活的修行。"当然，每个人的修行方法不同，我的方法是每天清早，在上人的晨语时刻，安安静静、一心一意听上人开示。那是我最专注的静坐时间，我听了一句，下了殿，回到菜园，回到人与人之间，就要把这一句用在生活里，我经常这样提醒自己。"德佺师父打趣道，"所以，我每日清晨是'坐禅'，白天是'做田'（闽南语）。"

田地里，菜园上，堆肥中，妙法遍在，德佺师父从搅拌堆肥中深思有得："厨余残渣、菜叶枝梗，经过三个月、六个月的分解，原有的形状已消融为松软的黑土，看不到本来的样子了。上人曾开示有相无相，真空妙有，我们可以真实地看到，堆肥有相的形体是空了，但其中所含有营养的美妙作用，滋养蔬菜日渐成长。虽然肉眼看不到有机肥与土地、与菜之间的输送运作，但蔬菜一天天的长大，说明了一切。文字名相上的'真空妙有''有相无相'，借着菜田因缘，从'做'中去体会，最为真实。这正是上人教导我们的，'做就对了'。"

有一次德曜师父带领一群学员来到菜园，他问大家："菩萨，你们有烦恼吗？"

下卷　静思精舍的家风
一日不作，一日不食

▌健康的土地，来自清净的心地

"有。"好大声的回应。

烦恼怎样转换?德曜师父告诉大家学习有机肥,把不好的成分拣除,转换好菌静静发酵,"每天听上人的法,转化烦恼、分解以后,当作修行的资粮,化无用为大用。"

以法做事,欢喜无比

虽然用有机肥种植已有一二十年经验,但是精舍师父们态度谦虚,德倍师父就说:"我们有不懂的地方,都就近请花莲农改场来指导,农改场的人员都很乐意,每隔一段时间就会前来关怀。不久前他们才来为我们检测土质,每一处都有挖取土壤样本,报告出来完全正常健康。"

健康的土地,来自于清净的心地,德佺师父认为,每一件事情,都要由时间来成就,有机堆肥听起来好像很辛苦,其实不会,因为每一位常住师父都一心想要把工作做好,把环境维护好。"讲到堆肥我就很法喜,觉得自己的这双手,尽到了该尽的本分。去年我们种的茼蒿盛产,每一棵都长得好大好绿,分享给慈济中学的师生们,大家吃得好欢喜。"德佺师父的快乐溢于言表,"以身体做事,烦恼无明多;以法做事,欢喜无比。"

别录　精舍的一年

周年庆——农历三月二十四日

二〇一三年农历三月二十四日，公历为五月三日，是慈济四十七周年庆，恰巧的是，相隔四十六年前，农历三月二十四日慈济的一周年庆，公历也在五月三日。

日子相同，而时间、空间转变了，以数字来看这个转变，证严法师细数："一周年的时候，委员一共十位，会员有三百多位，我们所帮助的有十五户、三十一个人。现在慈济在全台湾的感恩户应该有上万户，另外不需金钱、只需陪伴的'关怀户'更多！整个社会的任何一个地方，都需要慈济人来带动。到底现在有多少慈济人？委员五万零两百三十九人，慈诚队两万七千三百八十二人，合起来已经是有七万七千多了。总而言之，四十多年来，从三十支竹筒、五毛钱开始，一直到现在，我们委员慈诚接近八万人！"

回想当年、细数现今，慈诚委员之外，还有八万多位的环保志工。四十七年来，援助全球八十五个国家（地区），慈济人踏过许多苦难之地，爱心遍洒全球。

· 礼拜恭诵《无量义经》及《妙法莲华经》

　　为庆祝慈济四十七岁生日，静思精舍从二〇一三年四月十七日起至五月一日，与全球十六个国家地区、一百五十三个据点连线，连续十五天，全球视讯连线，同步礼拜恭诵《无量义经》及《法华经》，为世界祈安，十五天来，总共有将近十二万人次共同参与精进。

　　《法华经》是"静思法脉"的根源，证严法师以此作为准则，实践"为佛教、为众生"的理想。而修行的方法则是以《无量义经》的义理为主，因为简单又很入世。

　　证严法师开示，虽然两千多年前的灵山法会已无法重现，但是拜现代科技之赐，可以超越空间阻隔，连接起全球慈济人心中的灵山道场。"全球的时间都不同，有的是早上，有的是中午，有的跟台湾一样是在晚上七点半；不同的时间、不同的地点，却是同步在精进，不管是早上、中午还是晚上，时时都有人在精进，国度空间不同，在不同的道场，可以普遍人人都精进。"

· 药师法会　为天下人祝福

　　五月三日当天，精舍师父引领大众礼拜《药师经》，共有

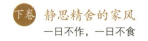

二十个国家地区、超过一万八千九百人通过视讯连线参与。

慈济的第一场药师法会，是佛教克难慈济功德会的创始日，当时在普明寺的小小空间，进行诵经时，证严法师心中百感交集，因为出家时发了三个愿——不为人诵经、不收弟子、不当住持，但为了开展慈济，这三"不"都没有守住。

当年，许多人每个月捐五元、十元善款，就是希望证严法师为他们诵经祝福，从那时起，农历每月二十四日即"药师法会"日与发放日。

"药师佛的十二大愿，都是为众生而发。"证严法师说，人生之苦，有天灾不调之苦、有家庭贫穷之苦、有身体不调的病苦……从自身、家庭，到社会、天下，种种苦难缠缚。药师佛发大悲心，立愿、修行，希望拔除众生之苦；即使众生难调难伏、心轮难转，仍不厌其烦、不舍众生，不断回入娑婆度众生。证严法师因而鼓励弟子们，以药师佛为典范，发心立愿且身体力行，终能达成目标。

· 绕佛绕法　步步生莲

每天的绕佛绕法拜愿，在静思精舍主堂、感恩堂、新讲堂，甚至在距离精舍三百公尺之遥的协力厂，都听得到各处齐声共鸣。庄严的拜愿队伍，在"南无本师释迦牟尼佛"佛号声中，二字一步绕佛绕法后，进入主堂拜愿。证严法师说："听声音就可以知道整齐、庄严的绕佛绕法，声声佛号，念念佛心；步步的踏步，法法也都在行动中，因为心中有佛，行中有法，所以这样的人间菩萨，就可以传遍全球。"

各地志工不约而同回到精舍参加四十七周年庆，无论是参加绕佛绕法，或是其他功能组，皆乐在法中。

知名面包师傅吴宝春，经由在高雄开面包店的志工黄昌裕邀约，回精舍贡献烘焙技术，负责制作寿桃。认同证严法师的理念，吴宝春认为爱是要无私付出，把自己生命发挥最大价值。"做面包时，我也会用这样的想法把爱传递出去，相信每一个人只要心中有爱，社会也会更和谐。"

制作"静思寿桃"已有多年，四十七周年活动一共制作了三万粒寿桃，与来自各地的慈济人与大众结一份好缘。这些年来，以"静思寿桃"庆祝这意义非凡的时刻，已成历年一贯的习俗。

打佛七

一九六九年，精舍大殿甫完工，证严法师决定在农历三月二十四日三周年庆当天，打佛七。

"天没亮,我们开始了佛七的第一支香,所有人算算不到十个。"证严法师回忆,在大殿里绕佛,小小的空间仍绰绰有余。从那一年开始,将近二十年间,精舍几乎年年打佛七。

参加佛七的人数年年增加,大殿渐渐无法容纳,就在外面搭帐棚;天气太热,就把冰块放在大风扇前吹。那时证严法师对弟子行住坐卧以及学佛规仪,要求非常严格,甚至会到寮房突击检查。

年年举办佛七,直到要盖慈济医院,证严法师常常在外奔波,打佛七就无法再举办。精舍自一九八八年暂停打佛七后,直到二〇〇三年十月三至五日,才首度举办法华经精进佛三。

证严法师说,时空的不同,无法再带大家打佛七,可是,不定期举办的"精进日"就等于是打佛七,让大家学规矩。过去的佛七都很传统,现在的精进日,应该是树立了佛教又一个新的里程碑,用新的念佛、念法、绕佛、绕法,让大家有另一种心灵的启动。

三节合一——佛诞节、母亲节、全球慈济日

五月的第二个星期日,是慈济庆祝佛诞节、母亲节与慈济日"三节合一"的日子。

一九六六年五月十四日(农历闰三月二十四日),证严法师创立"佛教克难慈济功德会",因此每年的农历三月二十四日,就成为慈济周年庆。直至一九九五年慈济二十九周年时,首办"全球慈济人精神研习会",庆祝时间随之拉长,且各志业体均以路跑、运动会、园游会等不同方式庆贺。

一九九六年五月十一日,慈济三十周年庆,为了让遍布全球的慈济人每年能有固定日子回台寻根,而不克归来者也能在同一天共同庆祝慈济日,证严法师宣布每年五月第二个星期天为"全球慈济日"。

一九九九年台湾颁布,农历四月八日释迦牟尼佛诞辰日为"佛陀诞辰纪念日",与母亲节合并放假,翌年开始实施。于慈济而言,五月的第二个星期日,就成了庆祝佛诞节、母亲节与慈济日"三节合一"的日子。

证严法师诠释这多重的意义,于"佛诞节"感念佛法僧三宝恩,感恩三宝成长众生慧命,这是"敬田";庆祝"母亲节",感念父母生育之恩、师长教导之恩,即是"恩田";欢度"慈济日",感恩苦难众生给予慈济人了解苦谛、发愿行善的机会,即为"悲田"。

证严法师说:"感恩三宝、感恩父母师长、感恩众生,敬田、恩田、悲田三合一,就是一亩大福田。所以,每到这一

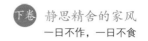
静思精舍的家风
一日不作,一日不食

天,我们要进行浴佛仪式,不是为了传统,而是要庄严又恭敬地表达我们的感恩之意。"

中秋节

月圆人团圆的中秋节,也是每年国际人医们回到静思精舍相聚的日子。

证严法师谈起中秋之约的由来:"一九九五年菲律宾开始离岛义诊,一九九六年吕秀泉副院长(一九三四至二〇一二)和一大群的大医王归来,刚好是中秋节,从那一年开始,我们有约啊,每年的中秋他们就会回到台湾跟师父一起过中秋……大家一起回到精舍,都是在精舍旁的草地上,几乎每一年都会下毛毛雨。毛毛雨,淋不湿,大家雨中作乐,到了差不多要结束时,抬头看看月亮出来了吗?又很失望看不到月亮,那样的情景,要躲雨、不躲雨?大家那一份热情不散……"

而今,吕秀泉副院长已故去,风雨忆故人,回想起往昔中秋夜的种种,"吕副院长还在我的生命中、在我的脑海中,我永远、永远都记得这样一位大医王啊!"

由于每年中秋节遇到台风的几率很高,因此有人跟证严法师建议,是不是把人医会的团圆移到其他日子?但证严法师说:"不可以!因为这是我们和吕副院长的约定。"

证严法师信守承诺,而慈济人医志工们,更是年年把握此时与师团聚的机会。

回顾慈济医疗志业的滥觞,早在一九七二年九月,证严法师即在花莲仁爱街成立义诊所,之后三十多年间,六所慈济医院陆续启业,义诊活动也齐行并进,由台湾扩展至海外。一九九八年,"国际慈济人医会"成立,十二年来汇集各国近九千名医护人员与志工,于全球服务超过一百七十万人次。当时的总召集人林俊龙医师正是如今的慈济医疗志业执行长。

这群奉献大爱的医护人员,每年中秋节缘聚台湾花莲,尽管语言、文化相异,来自不同国度的大医王们,借着此时分享彼此的工作、愿景与法喜。

证严法师说:"秋月明亮,期待人人心中都有一轮明月,分秒发亮,圆而无缺。心净自明,人人都能觉悟,反观自性,欣赏自心明月。但愿人人心灵中分秒都有明月,又圆又亮,散发智慧慈悲的光明。"

冬令发放与围炉

一九六九年农历十二月二十三日(公历二月九日),借用普明寺举行的首次冬令发放,除了济助金和米粮外,更赠予棉被、棉衣及年节用品,让照顾户温暖过年。

"一九七〇年,我们在精舍有了第一场的围炉,印象还很深刻。"证严法师清楚记得当时席开十五桌,"那个时候有这么多人吗?结果竟然坐满了。我们在莲花池边架起铁架,这是我们在精舍第一场的冬令发放。"

"尽管当年场地简陋、人员寡少,但回首过往的影像纪录,仍是满怀温馨。"证严法师忆述当年情景,表示慈济就像是"天下大家庭"。时至今日,每逢岁末冬令时节,全台各地及海外慈济道场,除了进行发放和围炉,也有新委员受证。

时至今日,冬令发放暨围炉的规模比以前更大了,活动从上午八点就开始,现场有义诊、义剪,由慈济人医会为大众的健康把关,照料身心,爱心美发师为乡亲修剪头发,还有志工现场挥毫写春联与受助户们结缘。此外并安排各项应景节目,祝福受助户们新年快乐,围炉团圆备上热腾腾的素食,每桌安排一位慈济志工服务受助户,为他们挟菜、盛汤,会场洋溢着浓厚的春节过年气息。

围炉活动最后,就是冬令物资生活包的发放。深受喜爱且实用的生活物品,包括粥品、面类、饼干、汤品,另有毛巾、牙刷、牙膏等十二项物品，并用环保袋用心打包。精舍师父与慈济志工恭敬的将生活包送到每个低收入家庭民众的手中，民众欢喜接受，彼此心中都是满满的收获。

岁末祝福

岁末祝福是来自于冬令发放的因缘。一九六九年二月九日，在普明寺办理第一次冬令发放，从此冬令发放，就成为慈济年度例行的大事。

早在发放的一个月前，委员们就忙着为照顾户张罗吃的、用的、穿的，到了发放日的一个星期前，更有许多委员与会员，自动的从全省各个角落，陆续抵达静思精舍，包装好一份一份的年礼，分送全省的照顾户。

冬令发放的前一天，也是所有准备工作完成之日，多天来的辛劳，大家都在这日晚上，借着与精舍常住师父、各地道友及功德会同仁欢聚一堂的短暂时光，恭聆证严法师亲切的祝福与开示，并彼此畅谈一年来从事志业的感言，互相检讨、互相勉励，大家忘掉过去的辛劳，忘掉一切的不如意，化为驰骋慈济菩萨道上的精进力，继续勇往迈进。而这个受到大家所珍惜的一年一度聚会，逐渐演变成为后来的"慈济岁末祝福"活动。

到了一九八八年，慈济人愈来愈多，证严法师开始分别前往台中与屏东,为中南部地区的委员慈诚授证。一直到一九九二年,由于慈济各志业体成员成长迅速而场地有限,证严法师打破全体慈济人回花莲的往例,首度将慈济大家庭分成北中南三区,先后举行新委授证,及与全省荣董、委员、慈诚队及志业体员工围炉。自此演变成每年岁末证严法师两次的行脚,每次行脚时间更长达半个月以上。

一九九九年台湾遭逢九二一震灾,当年的岁末祝福因此提前一个月举行,证严法师亲自主持六场大爱村祈福晚会,及二十场岁末祝福暨授证典礼。此外,首次举办"社区岁末祝福",全省北中南分区举办九十六场,静思精舍常住师父代表证严法师发送福慧红包及点心灯,感谢会员涓涓善款支持。

农历春节

精舍的庭园生气勃勃,花草树木、妆点摆设,处处都显得喜气洋洋,一篮篮的金橙、绿枣、红苹果,丰盛又美满。知客室里,桌面摆满了精致的各色果点、香茗、咖啡,应有尽有。

每年精舍过年最大的特色就是人潮滚滚,来自全球各地的慈济人在短短的年假中,大量涌进,向证严法师拜年,也感受一下精舍特有的年味。

围炉时刻证严法师总是很开心,十多个国家的慈济人携家带眷,大家互相问候,热闹温馨地围炉,火锅、元宝(水饺)、五味拼盘、萝卜糕、发糕、年糕……喜气的菜色,色香味俱全。

两百多桌的大围炉,除了在斋堂摆桌外,蜡烛间、小木屋,乃至于一旁的车道,都是一个个前来围炉的家庭。证严法师分别前往各区和大家问候,一时间祝福声此起彼落,热闹不已。

晚会节目充满着喜气与道气,不同年龄层、不同组合的演出,每个节目皆获得满堂喝彩。

二〇一三年农历新年第一天的早会,证严法师期待大家,不只是过新年,还要过"心"年,念要纯、心要宽,时时刻刻都要戒慎虔诚,永存感恩心。"平安就是福,我们不只是一年,三百六十五天一次地过新年,我们更需要时时刻刻每一秒钟,心中戒定慧,时时要把握住自己内心的方向,因为时间过得很快,方向若是有丝毫的偏差,那就会造成千里之错,所以我们要戒慎自己的心,念念都要用心,每个时刻都要过'心'年,过'心'年关,每一关啊,都要过得正确无差错,这才是慈济人过年!"

全球各地的慈济人依序通过视讯向证严法师拜年,每当证严法师对着荧屏挥手,数万公里外的那一头就有人感动掉泪。世界各地法亲或数十、或数百,展现创意与道气,场面令人感动。每当一连上线,证严法师就会专注无比地看着、听着、叮咛着远方的弟子,仿佛在以最大的生命能量牢牢牵住大家的慧命。

图书在版编目(CIP)数据

心灵的故乡/潘煊著.—上海:复旦大学出版社,2016.4(2020.6重印)
ISBN 978-7-309-12105-6

Ⅰ.心… Ⅱ.潘… Ⅲ.纪实文学-中国-当代 Ⅳ.I25

中国版本图书馆 CIP 数据核字(2016)第 024475 号

慈济全球信息网:http://www.tzuchi.org.tw/
静思书轩网址:http://www.jingsi.com.tw/
苏州静思书轩:http://www.jingsi.js.cn/

原版权所有者:慈济人文出版社授权复旦大学出版社出版发行简体字版

心灵的故乡
潘 煊 著
责任编辑/邵 丹
复旦大学出版社有限公司出版发行
上海市国权路 579 号 邮编:200433
网址: fupnet@ fudanpress.com http://www.fudanpress.com
门市零售: 86-21-65102580 团体订购: 86-21-65104505
外埠邮购: 86-21-65642846 出版部电话: 86-21-65642845
上海丽佳制版印刷有限公司

开本 890×1240 1/32 印张 6.375 字数 115 千
2020 年 6 月第 1 版第 2 次印刷
印数 5 101—8 200

ISBN 978-7-309-12105-6/I·980
定价: 34.50 元

如有印装质量问题,请向复旦大学出版社有限公司出版部调换。
版权所有   侵权必究